AF397268

Ylimpien loputon suru

Ikuisen kamppailun taistelukentällä

Kirjoittanut: A. Lempi

Toinen painos

Kustantaja: BoD · Books on Demand,
Mannerheimintie 12 B, 00100 Helsinki, bod@bod.fi
Kirjapaino: Libri Plureos GmbH,
Friedensallee 273, 22763 Hampuri, Saksa

ISBN: 978-952-80-9479-1

Hän oli jo jonkin aikaa seurannut Eksynyttä ja oli lähes varma, että tehtävästä tulisi vaikea. Tehtävä oli kuin solmu, jonka joku langenneista Suurista oli tehnyt. Hänet oltiin kutsuttu paikalle, koska vain Hän oli vastaavista tilanteista selvinnyt. Eksyneen auttaminen, ja sen kautta koko systeemin korjaaminen oli Hänelle tärkeä asia. Eksyneen, Ruusun ja Linkin tilanteen muuttaminen, mutta myös heidän karaiseminen ja kasvattaminen olivat hänen tehtävänsä keskiössä, koska juuri heidät oltiin valittu langenneiden toimesta kohteiksi. Ilman kolmikkoa ei koko planeetalla olisi tulevaisuutta. Jos Hän epäonnistuisi, helvetti olisi kohta täynnä Jumalia ja muita Suuria, jotka olivat antaneet asioiden päästä näin huonolle tolalle. Se olisi käynyt Hänelle muuten, mutta heidänkin maailmansa olennot kaikkeuden suurimpine olevaisineen, olivat vaarassa joutua suureen rangaistukseen, joka oli tarkoitettu vain pahimmille pedoille ja pettureille, eivätkä Ylimmät niitä olleet.

Siellä, missä Ylimmät ja Suurimmat elivät, suhtauduttiin koko projektiin äärimmäisellä kammolla, eikä kukaan edes uskaltanut ajatella, mitä heille voisi käydä, jos solmua ei saataisi avattua.

1.

Elettiin vuotta 2023. Oli perjantai, ja huomenna alkaisi huhtikuu. Pekka saapui töistä väsyneenä kotiin ja latasi kahvinkeittimen. Tänään hän katsoisi elokuvia. Listalla oli ainakin kaksi vanhaa klassikkoa, jotka olivat olleet Pekalle jo nuoresta lähtien tärkeitä taidekokemuksia. Pekkaa kiinnosti elokuvissa niiden esteettinen puoli, mutta häntä myös innosti taiteenlajin filosofinen ja psykologinen ulottuvuus. Hän ei ollut vahvasti hahmoihin samastuvaa ihmistyyppiä, vaan seurasi kuvaruudun tapahtumia etäännyttäen, kuten hän elämäänsäkin eli.

Pekka myös inhosi elokuva-alan tyrkyttämiä muoti-ilmiöitä, jotka olivat hänen mielestään asioiden uudelleen kierrättämistä tylsistyneelle ihmismielelle.

Pekka oli tyyliltään joku, jota voisi kutsua hipsteriksi. Pekka ei itse pitänyt sanasta, vaikka pukeutui siten, että häntä pidettiin kyseisen alakulttuurin edustajana. Liika ironisuus ärsytti Pekkaa, eikä hän täysin edes pitänyt koko skenestä. Pekka luotti vaatetuksessaan mustaan väriin ja jalassa hänellä oli aina vanhan malliset lenkkitossut.

Pekka avasi television, sieltä tuli uutiset. Joukkotiedotusvälineen viesti oli, että maailma oli vieläkin karu paikka, mutta toivoa paremmasta oli.

Pekka katsoi elokuvaa hetken, mutta sammutti suoratoistopalvelun parin minuutin kuluttua. Hän ei kyennyt keskittymään elokuvaan, vaan laittoi television pois päältä ja otti olohuoneen vaalealta, puiselta pöydältä puhelimen käteensä. Pekkaa kiinnosti Sielun Tieto -niminen nettisivusto. Sivusto piti sisällään Jumalaan, rajatietoon sekä psykologiaan liittyviä tekstejä, jotka olivat nykyään Pekan mieleen. Hän ei voinut kuin nauraa useimmille sivuston artikkeleista mutta osa, lähinnä Jumaluuksiin liittyvä informaatio oli kuin häntä luotu varten. Se osui hänessä juuri siihen hauraaseen alueeseen hänen tajunnassaan, joka janosi uskoa ja tietoa Pyhästä sekä kaikesta suuresta, mikä maailmaa hallitsi.

Pekka uskoi Jumalaan, mutta hän ei harjoittanut mitään uskontoa. Usko oli hänelle lähinnä vain elämää rikastavaa ajattelua, mikä toi elämään rauhan tunnetta. Hän oli opetellut Ave Maria -rukouksen, mikä toi tyyneyttä hänen onnettomaksi käyneeseen elämäänsä.

Pekka käveli vessaan, jonka peilikaapin ovesta katsoi kuvajaistaan. Peilistä katsoi takaisin tukahdutettua vihaa sisällään kantava ja elämään harmistunut nuori mies. Pekka kampasi puolipitkät hiuksensa suoriksi ja totesi itselleen näyttävänsä aivan joltain muulta, kuin kaksikymmentäkahdeksan vuotiaalta. Hänen kasvojensa iho oli harmaa ja silmänaluset olivat mustat.

Pekka käveli takaisin pienen kerrostalokaksionsa olohuoneeseen ja laittoi musiikin soimaan. Tänään hänen teki mieli kuunnella espanjalaista kitaramusiikkia, jossa ei ollut laululyriikkaa. Laulantaa Pekka ei jaksanut kuunnella, koska hänellä oli tänään omiakin ajatuksia.

Musiikki toi Pekalle mieleen kauniin ja älykkään Maijan, joka oli mielellään kuunnellut juuri espanjalaista musiikkia. Pekka mietti heidän eroaan, hänen elämänsä suurinta virhettä, jonka seurauksena hänellä oli ollut viimeiset neljä vuotta kurja olla. Riidaton ero oli ollut Pekan mielestä merkki hänen ja Maijan kypsyydestä. Pekka oli kutsunut Maijan luokseen ja todennut hänelle, että ei kyennyt enää elämään parisuhteessa. Pekka oli todennut, että hän tarvitsi enemmän vapautta elämäänsä.

Hän oli kylläkin jättänyt Maijan siitä syystä, että ei ollut kestänyt seurustelukumpaninsa muuta sosiaalista elämää. Hän oli ollut Maijalle alituisen mustasukkainen kaikkien, sekä miesten että naisten takia, joiden kanssa Maija vietti aikaa, tai edes puhui. Tätä puolta itsessään Pekka ei voinut sietää. Hänellä oli jatkuvat tarve selittää itselleen, että ei ollut ahdistunut siitä, että Maijalla oli myös muita ihmisiä elämässään. Pekka ei halunnut olla paha ihminen, joten hän pakeni omia vihamielisiä impulssejaan kieltämällä niiden olemassaolon.

Pekka jäi sohvalle makaamaan ja odotti väsymyksen ajavan hänet sänkyyn. Hänellä oli juuri nyt hyvä hetki, ja kaikessa tuntui olevan järkeä. Pekka makoili jonkin aikaa sohvalla tekemättä mitään, kunnes päätti, että olisi aika mennä sänkyyn odottamaan unta.

Uni oli ollut viime aikoina Pekan elämässä vähissä. Pekka oli kuluneen kahden kuukauden aikana nukkunut vain muutamia tunteja yössä, lukuun ottamatta kolmea yötä, joina oli nukkunut yli kaksitoista tuntia. Näiden öiden jälkeen hän oli ollut joka kerta varma, että alkaisi saamaan unta paremmin, mutta toisin oli käynyt. Häntä tuskastutti kyseinen ongelma, mutta oli päättänyt kestää, vaikka se välillä pahaa tekikin.

2.

Sillä aikaa, kun Pekka yritti saada unta, Maija oli juuri aloittamassa uutta työprojektia. Kyseessä oli amerikkalaisen jännityskirjailijan uusin teos, jonka kääntäminen oli Maijalle suuri kunnia. Milla heräsi ja vaati valittavalla äänellä päästä nukkumaan omaan sänkyyn. "Tottakai, viedään sut sinne, äidin kulta", Maija sanoi.

Kaksi ja puolivuotiaalle Millalle ei tarvinnut kertoa tänään iltasatua, vaan hän nukkui jo, kun Maija asetteli hänet sänkyynsä. Maija jätti oven raolleen. Hän ei tehnyt sitä Millaa vaan itseään varten. Milla oli ainoa ihminen, joka piti Maijan kasassa. Huoli Millasta oli Maijalle järki, joka esti häntä tekemästä mitään typerää.

Maija siivosi olohuoneen pöydältä tietokoneen ja muistiinpanot ja vei ne makuuhuoneensa työpisteelle. Hän käveli keittiöön ja otti jääkaapista avatun valkoviinipullon, josta kaatoi itselleen lasillisen. Hän suuntasi parvekkeelle, josta avautui näkymä kaupungin keskustaan.

Maija nojasi parvekkeen kaiteeseen ja pyöritteli rastatukkaansa sormillaan, hänen värikäs mekkonsa hulmusi tuulessa. Maija rakasti ajatusta, että kohta olisi kesä. Kesä vapauttaisi hänet, se tekisi hänestä eheämmän.

Kaksisataatuhatta ihmistä sisäänsä sulkeva kaupunki eli ja hengitti. Sillä oli tarve olla olemassa ja kasvaa. Se halusi sulkea koko ajan lisää sieluja sisäänsä. Kaupunki keväisessä yössä kuin vaati saada uhrikseen olevaisia. Se oli kuin kone, joka eli ihmisistä ja kaikesta muustakin mitä se sisäänsä sulki. Kaupungin todellista hierarkiaa oli ihmisen vaikea hahmottaa, eikä se sitä halunnut paljastaa.

Kaupungin pimeä puoli oli inhimillisestä traumasta elinvoimansa saava megaorganismi, joka oli ottanut vangikseen pakenevia olentoja, joilla oli kaikesta kuolinhalustaan huolimatta tarve elää ja kokea hedonistista nautintoa ja hurmosta.

Maija ajatteli Pekkaa. Hän oli jo pitkään ollut sitä mieltä, että Pekka oli jättänyt hänet, koska pelkäsi rakastaa. Pekan toisinaan torjuva asenne Maijaa kohtaan oli Maijan mielestä johtunut siitä, että Pekka pelkäsi päästää ihmisiä lähelleen. Siihen oli hänen mielestään syynä kurja lapsuus. Maija tiesi, kuinka helposti mieli saattoi sairastua, ja kuinka helposti ihmisille syntyi traumoja, eikä halunnut syyttää Pekkaa, jolla oli ollut rankkaa ja joka oli joutunut elämässään kärsimään ulkopuolisuuden tuskaa ja kaikkea muuta, mikä sai aikaan surua ja mielen ongelmia.

Maija oli kuitenkin vielä katkera. Paria päivää ennen hänen ja Pekan eroa, Maija oli kertonut ystävilleen, että saattaisi jopa kosia omaa mieslastaan, jotta saisi olla mahdollisimman paljon lähellä häntä.

Maija suuntasi jääkaapille ja kaatoi pullosta loput viinit lasiin, joka täyttyi puolilleen. Hän joi lasin kerralla tyhjäksi ja käveli olohuoneeseen. Maija avasi television ja selasi kanavia. Hän jäi katsomaan ulkomaista uutiskanavaa ja vaipui hetken kuluttua uneen.

3.

Arto pidätteli oksennusta. Hän istui taksissa, joka pysähtyi hänen kotitalonsa pihaan. Arto maksoi ja poistui autosta. Hän juoksi ulko-ovelle, jonka avasi tärisevin käsin. Sisään päästyään hän suuntasi suoraan vessaan, jossa päästi kaiken pidättämänsä oksennuksen pönttöön tyylillä, jota kunnon pukumiehen kuului välttää. Mutta Arto ei aina mahtanut itselleen mitään. Kun juomaa oli liikaa tarjolla, hän myös joi liikaa.

Arto oli istunut iltaa firman miesten, sen ylimmän johdon kanssa. Tarjolla oli ollut herkkuruokia ja kaikenlaisia juomia laatuoluista hienoimpiin väriviinoihin. Juhlalle olikin ollut aihetta, firma oli tehnyt ennätystuloksen. Kyseessä oli kiinteistövälitysyritys, jota pyöritti Arton isän suku. Miehet olivat tapansa mukaan kutsuneet Arton kanssaan juhlimaan, ja Arto oli ilmestynyt paikalle iloisena ja tyytyväisenä kutsusta, vaikka olikin tiennyt tulevansa juomingeista sairaaksi.

Pekka oli Arton alainen, suoraan hänen alapuolellaan, eikä hänellä ollut varaa oksentaa kallista viskiä puolen miljoonan euron hintaisessa talossa. Pekan ja Arton ystävyys merkitsi Artolle paljon, heissä oli paljon samaa, eikä Pekka monen muun tavoin kadehtinut Artoa hänen varallisuutensa takia, kuten Pekan vanhemmat olivat aikanaan kadehtineet Arton vanhempia.

Arto käveli horjuvin askelin makuuhuoneeseen ja nukahti heti kaaduttuaan sänkyyn.

4.

Tuli maanantai, kello oli puoli viisi. Pekka nousi makuulta sängyn reunalle istumaan. Hän tunsi olonsa puolikuoliaaksi, hän oli saanut yöllä nukuttua vain kaksi tuntia.

Karusta olostaan huolimatta Pekka nousi ylös syvään huokaisten ja käveli olohuoneeseen ja laittoi Loimulan kaupungin paikallisradion soimaan. Pekasta oli mukavaa kuunnella varhaisen aamun radio-ohjelmia, koska niiden sävy oli hänestä sympaattisen kevyt ja ihmisläheinen. Hän latasi kahvinkeittimen ja laahusti väsyneenä suihkuun.

Aamu kuluisi Arton kanssa haastatellen kahta nuorta naista, joista toinen valittaisiin kiinteistönvälittäjän virkaan. Kummallakin oli liiketalouden korkeakoulututkinto sekä kiinteistönvälittäjän pätevyys ja he kumpikin vaikuttivat Pekan mielestä päteviltä. Pekan ja Arton mielestä tuntui hyvältä saada taloon uutta verta, firmaan ei oltu palkattu ketään yli kahteen vuoteen. Päätös uuden työsuhteen toimeenpanosta olisi kuitenkin lopulta firman ylimmällä johdolla, jonka kanssa Arto keskustelisi myöhemmin illalla.

Firman ylimpiin kuului myös Arton isä, Mauri, joka oli ollut vastuussa Pekan palkkaamisesta. Mauri oli vuosia sitten soittanut pitkästä aikaa Pekan isälle, joka oli kertonut, että Pekka oli töissä suurpanimon varastolla, eikä saanut elämässään mitään aikaan. Mauri oli sanonut Pekan isälle, että hyvä työ se oli sekin, mutta hänellä olisi Pekalle jotain omasta mielestään parempaa. Pekan täytyisi vain hankkia kiinteistönvälittäjän tutkinto ja hänestä tulisi firman työntekijä. Pekka oli lukenut useamman kuukauden ajan tutkintoa varten ja läpäissyt kokeen. Myyntikyvytön Pekka oltiin puolen vuoden firmassa työskentelyn jälkeen sijoitettu sen henkilöstövastaavan, Arton, apulaiseksi, kun Arto oli päässyt kyseiseen toimeen. Mauri oli halunnut auttaa Pekkaa, joka oli hänestä aikoinaan ollut mukava pikkuinen poika.

Aamu töissä kului nopeasti, ja Pekka istui haastattelurupeaman jälkeen työpisteellään tekemättä mitään. Arto saapui Pekan eteen tapansa mukaan virnistellen. "Mennääs jo, mulla kolottaa kahvihammasta."
"Okei, tehdään niin", Pekka sanoi ja nousi tuolilta.
"Jees, mä heitän sut sen sumpittelun jälkeen kotiin. Me ollaan ansaittu tällainen lyhyempi työpäivä.

Pekka ja Arto istuivat hitaasti muun liikenteen seassa liikkuvassa autossa, jota Arto ajoi. Keväinen kaupunki loisti kirkkaana heidän ympärillään. Pekka oli aivan varma, että keskustelun aiheena olisi hänen irtisanomisensa. Pekan merkitys firmalle oli hänen omasta mielestään olematon ja erottaminen olisi hänen mielestään vain ajan kysymys.

Pekka ja Arto saapuivat kaupungin keskustassa sijaitsevaan Arton äidin siskon omistamaan kahvilaan, joka sijaitsi suuren kauppakeskuksen ylimmässä kerroksessa. Cappuccinot käsissään toverukset kävelivät ikkunan viereiseen pöytään. Arto vaikutti Pekan mielestä tänään jotenkin kummalliselta.

"Noniin, Pekka, mitkä noi silmänaluset ovat", Arto aloitti.

Pekka oli hämillään, kun ei kuullut kohteliasta anteeksipyyntöä ja kaunopuheista potkujenantopuheenvuoroa. "Jaa, eivät kai mitkään."

"Hei, ihan oikeasti, mikä sulla on?" Arto kysyi. "Ei sun ainakaan sun töistä tarvitse olla huolissasi. Sä olet meillä aina töissä."

"No, okei. Mä nukun nykyään tosi vähän", Pekka sanoi.

"Jaa. Osaatko sanoa miksi?"

"No, mä olen ihan tosissani alkanut miettimään, että onko jotain muutakin, jotain kuten Jumala. Tai, että uskonhan mä Jumalaan, mutta mitä kaikkea muuta on niin kuin ylimaallisella tasolla."

Arto katsoi Pekkaa vakavana ja sanoi: "Eli isolla teemalla mennään. Ei se mitään, hieno homma, kai. Eli sua valvottaa nämä tällaiset uskonasiat?" Arto kysyi kulmiaan kohottaen.

"No, joo. Mä olen ihan hukassa itseni kanssa ja mä öisin vaan pyörin sängyssä. Mä olin ihan varma, että mun työsuhde lopetetaan ja..."

"Et sä saa kenkää. Mä vaan olen huolissani susta, Pekka. Mulla oli nimittäin joskus kaveri, joka sellaisen ihme episodin päätteeksi tappoi itsensä. Sekin etsi itseään ja pyöritteli isoja kysymyksiä. Sen homman jälkeen mä olen ollut ihan helvetin huolissani kaikista mun kavereista." Arto naputteli sormella kahvikuppiaan ja nosti katseensa Pekkaan. "Sä et kai ole tekemässä itsellesi mitään lopullista? Ethän?"

"En. Ei tulisi mieleenkään tappaa itseäni", Pekka vastasi.

"Hyvä juttu, Pekka. Muista aina, että sä voit puhua mulle ihan mistä vaan. Mutta oli mulla ihan asiaakin. Me ollaan Maijan kanssa mietitty, että olisi kiva tavata sua. Sorry, että mä en ole kertonut mun ja sen kaveruudesta, me ollaan sitten ihan vaan kavereita, tai no, ystäviä." Arto katseli kahvikuppiaan tuijottavaa Pekkaa jonkin aikaa ja odotti Pekan taholta jonkinlaista romahdusta. "Kukkuu, Pekka, oletko sä täällä?"

Pekka nosti katseensa pöydästä ja sanoi: "Juu, olisihan se kivaa tavata Maijaa."

"Loistavaa, tulevana lauantaina sitten mun kotona viiden maissa. Voidaan hakea sut."

"Joo, kuulostaa hienolta", Pekka sanoi hiljaisella, mutta asiallisella äänellä.

Arto ajoi Pekan katumaasturillaan Pekan kotitalon pihaan. Hiljainen Pekka toivotti hyvää päivänjatkoa, Arto teki samoin. Pekka raahautui väsyneenä ja lohduttomin mielin kotiinsa. Vasta kotiin päästyään hän ymmärsi tuntevansa katkeruutta Maijaa ja Artoa kohtaan. Sama vanha ääliömäiseltä tuntuva vihantunne, jonka käsitteleminen oli Pekalle vaikeaa, oli täällä taas. Pekka käveli harmissaan makuuhuoneeseen ja kävi sängylle makaamaan.

Edes kaunis keväinen ilma ei saanut Pekkaa tuntemaan oloaan kevyemmäksi. Oli vuosia, jolloin kevät masensi Pekkaa ja nyt oli meneillään sellainen. Uutinen Maijan ja Arton ystävyydestä oli ollut Pekalle liikaa, eikä hän kyennyt ajattelemaan mitään muuta, kuin sitä hetkeä, jolloin oli heti eropuheensa Maijalle pidettyään, tajunnut tehneensä virheen.

5.

Oli lauantai. Pekan puhelin soi sovitusti lyhyen hetken. Soittaja oli Arto, joka odotti Pekkaa Maijan kanssa talon etupihalla. Pekka otti jääkaapista pullon valkoviiniä, jota Maija oli heidän vielä yhdessä ollessaan mielellään juonut ja poistui asunnostaan.

"Heippa", Pekka sanoi hieman teennäisesti, normaalia joviaalimmin istuttuaan auton takapenkille.
Etupenkkiläiset sanoivat myös heipat ja auto lähti liikkeelle.
"Mitä, Maija, sulle kuuluu?" Pekka kysyi.
"No, ihan hyvää. Mulla on lapsi, Milla, joka on kaksi ja puoli vuotta vanha. Se on terve ja iloinen ihminen, mikä tekee mustakin iloisen ihmisen."
"Aijaa, hieno juttu", Pekka sai sanotuksi. Hän ei ollut osannut odottaa kuulevansa Maijan jatkaneen sukua, mutta ymmärsi olla järkevä ja pysyä muuttumatta asian takia hulluksi.
"Me mennään ensiksi lähteelle hakemaan tälle meidän hippitytölle vettä ja sitten porhalletaan mun kämpälle", Arto ilmoitti.
"Okei, jeps", Pekka sanoi.

He saapuivat kaupungin laidalla sijaitsevalle luonnonlähteelle, Maija poistui autosta. Pekan ja Arton teki kummankin mieli mennä auttamaan Maijaa vesisäiliön kantamisessa, mutta kumpikin ajatteli, mitä toinen olisi asiasta saattanut ajatella.

Arto selvitti kurkkuaan ja kysyi: "Onko sulle siis ihan okei, että me ollaan kolmistaan?"

"Joo, kyllä. Tottakai", Pekka tokaisi.

"Hieno juttu", sanoi Arto, joka kuuli ystävänsä äänessä piilotettua happamuutta, mikä ei ollut Arton mieleen. Arto oli kuitenkin päättänyt auttaa Pekkaa, he olivat kaikesta huolimatta läheisiä ystäviä.

Maija sai vesisäiliön auton takakonttiin ja Istuutui apukuskin paikalle. "Nyt pojat maistuisi juotava", hän sanoi.

Pekka ojensi mukaansa ottaman viinipullon etupenkillä istuvalle Maijalle, joka otti pullon käteensä. Maija naurahti. Hän avasi pullon kierrekorkin ja otti kaksi isoa kulausta. Hän tarjosi pulloa takapenkille ja Pekka otti pullon ja joi viinistä ison suullisen.

He saapuivat Arton kotitalon pihaan. Heidän päästyään sisälle, illan isäntä yllätti vieraansa tarjoilemalla heille itse tekemäänsä salaattia. Tarjolla oli myös olutta ja viiniä, sekä pullollinen viskiä. Kolmikko istui Arton kodin ruokailutilassa ja kaikki söivät ja olivat mielissään ruokatarjoilusta.

"Niin, meillä olisi sulle yksi juttu", Arto aloitti.

"Ja hyvä sellainen", Maija lisäsi.

"Me käytiin tuossa viime kesänä sellainen kurssi. Siinä oli ideana viisastuminen ja elämänlaadun lisääminen. Se oli meille kummallekin tosi tärkeä ja toimiva homma. Mitään valaistumista me ei sulle tietenkään luvata, mutta olisi kiva jos säkin tekisit tän jutun. Siitä voisi olla sulle apua. Se koko homma ei maksa sulle mitään, ja saat pienen loman firmalta lahjaksi, jos kiinnostaa", Arto selitti.

"Tarkoitatteko retriittiä?" Pekka kysyi esittäen pöyristynyttä.

"No, joo. Me arvattin toi sun reaktiosi oikein. Sun kannattaa vastata myöntävästi. Me ihan oikeasti välitetään susta, Pekka", sanoi Arto, joka hymyili vilkuillen Maijaa, jota myös hymyilytti.

"Niin, Pekka. Mekin oltiin vähän samalla asenteella vuosi sitten, mutta ei olla enää. Tämä on niin raskasta sarjaa verrattuna niihin lukuisiin kusetuksiin, joita tämä retriittibisnes sisältää. Tämä on enemmänkin kurssi, joka käydään luonnon helmassa ja jonka pitäjä on oikeasti kiinnostunut ihmisten elämänlaadun parantamisesta. Sulla ei voi olla paska asenne sellaisia teemoja kohtaan, kuin viisaus ja hyvä elämä", Maija sanoi. "Ne ovat tärkeitä asioita."

"Niin, kaikki on järjestetty ja maksettu, sun ei tarvitse kuin mennä vaan", Arto sanoi.

"Joo, kai mä sitten menen", sanoi Pekka, joka ei lopulta uskaltanut uhmata Artoa, jonka suvulle hän oli työstään äärimmäisen kiitollinen.

"Loisto homma", Arto totesi.

Kolmikko suuntasi laajaan funktionalistista tyyliä edustavaan olohuoneeseen. Arto laittoi brittiläisen pop-rock -orkesterin livetaltioinnin televisiosta soimaan. Ystävykset istuivat olohuoneen suurella sohvalla viiniä juoden ja niitä näitä rupatellen. Pekka tunsi alkoholin hieman rauhoittavan häntä ja uskalsi kysyä Maijalta, oliko hän vihainen.

"En ole. Mä olin jonkun aikaa ihan romuna meidän eron jälkeen, jos sä sitä tarkoitat, mutta se meni ohi. Mulla ei ole, Pekka, mitään sua vastaan. Kaikki on ihan hyvin.

"Kiva kuulla, mä haluan pyytää sulta anteeksi sitä, että olin melkoinen törttö."

"Ei se mitään, Pekka. Kaikki on anteeksi annettu, kaikki on ihan hyvin.

Arton puhelin soi. Hän vastasi ja näytti hetken keskusteltuaan hieman huolestuneelta. "Joo, odota mä kysyn." Hän katsoi Pekkaa ja Maijaa anteeksipyytävästi ja kysyi, olisiko mahdollista tavata kahta hänen tuttuaan, joilla olisi ravintolasta pöytä varattuna. Pekka ja Maija katsoivat toisiaan ja kumpikin totesi, että asia sopisi heille vallan hyvin. "Joo, okei, tunnin sisällä siellä", Arto sanoi puhelimeen.

Arto katsoi Pekkaa ja Maijaa pahoittelevasti ja sanoi: "Nämä kaksi ovat sitten maailman raivostuttavin parivaljakko. Eli mun lapsuudenystävä, Petri, ja sen vaimo, Linda, ovat nämä sankarit. Ihan parhaita ihmisiä noin muuten, mutta juhlatuulella eli tänään sitten maailman ärsyttävimmät tyypit. Niillä on puutarhakalusteita myyvä firma, joka on tehnyt jo viisi vuotta todella hyvää tulosta. Ne ovat niin helvetin uusrikkaita, kuin vain mahdollista, mutta kuten sanoin, ihan maailman parhaita ja lopulta tosi teräviä tyyppejä."

"Ei kai siinä mitään", Maija totesi.

"Antaa kaikkien kukkien kukkia", Pekka sanoi.

"Jes, hyvä. Mun on pitänyt tavata niitä vaikka kuinka pitkään. Hyvä, että mä saan tämän pois alta nyt", Arto sanoi ja etsi puhelimensa yhteystiedoista taksipalvelun numeroa.

Kohta humalainen kolmikko istuikin taksissa, jossa Arto jutteli kuskin kanssa small talkia sekä hieman laajemmallakin skaalalla. Arto oli hänen mielestään kansanmies, oikea supermies, eräänlainen isoveli, jota Pekalla ei ollut hänen vanhempiensa kautta siunaantunut. Hän katsoi Artoa ylöspäin. Teki Arto mitä tahansa, se oli Pekan mielestä coolia, älykästä ja viisasta.

Maija kuunteli hymyillen Arton ja kuskin keskustelua ja mietti, mikä supliikki hänen läheisin ystävänsä olikaan. Maija tajusi myös, kuinka paljon hän oli Pekkaa kaivannut. Hän oli huojentunut, että Pekan henkinen vointi ei ollut niin huono, kuin Arto oli antanut ymmärtää. Maijasta tuntui hyvältä, että Pekka istui hänen vieressään, hän huomasi vielä tuntevansa jotain Pekkaa kohtaan. Jotain lämmintä ja hyvää. Mutta asiat olivat nyt toisin.

He saapuivat kaupungin keskustaan, joka oli täynnä nuoria, jotka odottivat illan konserttia, jossa oli esiintyjänä teini-idoli rap-artisti Roisto-Muumio, joka oli nuoremman sukupolven tunteiden tulkkeja. Arto maksoi kahdella isolla setelillä ja lähetti terveisiä kuskin äidille ja "pikkupojalle". Kuski kiitti ja lähetti terveisiä Arton vanhemmille ja toivotti kaikille hyvää illan jatkoa.

Petri ja Linda odottivat ravintola Bellipsin vilkkuvan neonvalon alla ja esittivät kolmikon paikalle saapuessa Artolle loukkaantunutta. "Sieltä se meidän kiireinen mies saapuu", Linda sanoi.
Petri käveli Artoa kohti ja laittoi ison sikarin tämän suuhun, jonka jälkeen miehet halasivat pitkään. "On tätä ihmettä taas odotettu, pitkästä aikaa sinuakin näkee", Petri sanoi.
"Sama sulle, mitä veijari", mumisi Arto sikari suussaan. "No, hyvää tietenkin."
Arto otti tupakointivälineen suustaan ja esitteli Pekan ja Maijan Petrille ja Lindalle, jotka kumpikin vaativat saada halata uusia ystäviään. Petri ilmoitti, että hänellä

oli sudennälkä ja että hän halusi päästä nopeasti sisälle ravintolaan.

Bellipsi oli puuteemainen ravintola, jonka takaosan syrjäisimpään poytäryhmään viisi kaverusta ohjattiin. Petri ja Linda olivat heti valmiita tilaamaan. He halusivat pöytään kaksi kannullista vettä ja kaksi pulloa merlotia. Merlotia kuulemma siksi, että heidän mielestään liika teennäinen hienostelu oli "syvältä" ja merlot oli hyvä ja aliarvostettu rypälelajike, josta tehtiin viineistä parhaimmat. He tilasivat pippuripihvit, joiden lisäksi Petri vaati saada lautasellisen erilaisia lihoja. Arto tilasi pöytään vielä pullollisen viskiä ja Maija pullollisen valkoviiniä. Pekka, Maija ja Arto tilasivat pitsat.

"Oletteko te kaksi pari?" Linda kysyi Pekalta ja Maijalta heti, kun kaikki olivat tilanneet.
"Ei, mutta nelisen vuotta sitten oltiin", Maija vastasi.
"Ihan kaveripohjalla…" totesi Pekka, eikä saanut sanottua lausetta loppuun.
Petri ja Linda olivat sitä mieltä, että heistä tulisi uudestaan mainio ja söpö pari. Vaikka sitten uudestaan.

Petri halusi kiusata Artoa kysymällä olisiko hän löytänyt itselleen tarpeeksi ihanaa naista. Linda tokaisi, että naisen täytyi kyllä olla aivan kamala, jotta Arto tästä kykenisi pitämään.

"Eihän niitä kamalia naisia olekaan", totesi Arto, joka pahoitteli ja sanoi joutuvansa soittamaan. Hän poistui pöydästä ja alkoi näpyttelemään puhelintaan.

Pihalle päästyään Arto nappasi pikkutakkinsa povitaskusta Petriltä saamansa sikarin. Hän sytytti sen ja otti henkosen, joka meni puoliksi hänen keuhkoihinsa ja jäi puoliksi hänen suuhunsa. Hän puhalsi savua suustaan ja katsoi taivaalle. Kaikki oli hänen mielestään toisinaan niin runollisen kaunista, niin hyvässä kuin pahassa. Artoa hieman kadutti, että hän ei ollut pitämässä huolta Petrin ja Lindan jyrän alle jääneistä Pekasta ja Maijasta, mutta totesi hiljaa mielessään, että he osaisivat pitää huolta itsestään. Kevät oli tulossa, ja Arto oli onnellinen, koska sitä seuraisi kesä. Hän puhalsi suustaan savurenkaan ja totesi, että kaikki oli hyvin. Hän poltti vain neljänneksen sikarista ja heitti loput maahan.

Arto käveli ravintolan baarin läpi ja kysyi kassalla, että voisiko mahdollisesti maksaa heidän pöytänsä ruokailut, mutta hänelle sanottiin, että kaikki oli jo maksettu. Pöytään päästyään, Arto sai todistaa Petrin Pekalle osoittamaa monologia, jossa pääteemana oli se, kuinka ihmisen tuli olla oma itsensä ja sitä kautta tehdä maailmasta oma "oisterinsa". Artoa hymyilytti se kuinka Pekka myötäili nyökkäillen, kun Petri piti monologiaan, jonka teemana oli taas ihmisen aitous sekä uusrikkaan asenteen mainostaminen ja vanhaa rahaa halveksuvan nihilismin myyminen.

Maija selitti Lindalle, kuinka lapsen kasvattaminen ja tämän kehityksen seuraaminen oli kaikin puolin antoisaa. Siinä kun sai nähdä rakastamansa pienen ihmisen kasvavan ja oppivan koko ajan uutta. Linda oli sitä mieltä, että oli ihanaa, että Maa kantoi päällään Maijan kaltaisia ihmisiä, jotka olivat valmiita kasvattamaan lapsia. Hänestä itsestään kun ei siihen omien sanojensa mukaan ollut. Maija totesi tähän, että yrittäjyys taisi olla melko aikaa vievä elämäntapa.
"Se on sitä", totesi Petri, joka lisäsi, että koko homma oli jokseenkin kuin oma lapsi, ainakin kun asiat menivät pieleen. Kun hommat ei mennyt niin sanotusti putkeen, sen näki, kuuli ja tiesi koko maailma. Ja kun kaikki meni hyvin, oli kaikki paitsi liian kateelliset, valmiita paiskaamaan tassua ja vähintäänkin esittämään heidän puolestaan iloista.

Maija sai äidiltään viestin, jossa oli kuva nukkuvasta Millasta. Hän näytti kuvaa vieressään istuvalle Lindalle, jonka mielestä kuvan pikkuinen oli "söpöintä ikinä". Petri halusi myös nähdä kuvan ja Maijan puhelin kiersi ympäri pöytää. Kaikki totesivat, että lapsi oli söpö tapaus.

Ruoat saapuivat pöytään, ja Linda kertoi kovaan ääneen, että aikoivat Petrin kanssa muuttaa puoleksi vuodeksi Japaniin.

"Ei kannata", Arto totesi tylysti. "Siellä ihmiset ovat peruskäytökseltään niin pidättyväisiä, että ne varmaan tappaisivat teidät parin päivän sisällä."

"Miten niin?" Linda kysyi.

Petri oli samaan mieltä. "Juu, nuppunen, meitä varmaan katsottaisiin melko pitkään, varsinkin jos päästäisiin juomisen makuun."

Linda kysyi Pekalta ja Maijalta, että mitä mieltä he olivat kyseisestä väitteestä, mihin kummatkin vastasivat, että ei kai siinä mitään, että sinne vaan. Maija pidätteli naurua, mutta onneksi kukaan ei huomannut sitä.

Lopulta Petri ja Linda, syöden lautasiaan tyhjäksi, totesivat, että varmaan Japani ei kuuluisi heidän suunnitelmaansa. Oli heidän mielestään hyvä, että Arto oli maininnut kyseisen maan asukkaiden olevan hieman erilaisia, kuin he.

"Ei siinä mitään", sanoi Arto, joka oli jättänyt pitsansa puoliksi syömättä. Hänelle maistui nyt vain viski.

"Mihin teillä on tämän jälkeen matka?" Maija kysyi.

"Meillä on vielä juhlat, jotka alkavat kohta, mutta valitettavasti, me ei saatu teitä järkättyä sinne. Yritettiin kyllä, mutta ne järjestänyt pariskunta ei voi ottaa teitä

sinne sisään. Ja me voitaisiin jo lähteäkin tästä sinne",
Linda sanoi pahoitellen.

"Pikkujuttu", Arto totesi huojentuneena.

Petri ja Linda nousivat pöydästä ja toivottivat kaikille
hyvää illanjatkoa, halaten kaikkia, minkä jälkeen he
poistuivat äkkiä ravintolasta.

"Melkoinen pariskunta, vai?" totesi Arto, pyöritellen
viskilasia käsissään.

"Mä jotenkin tajusin niiden jutun", sanoi Maija, joka oli
vaikuttunut siitä, kuinka avoimilta Petri ja Linda olivat
vaikuttaneet.

"Joo, tosi mainioita tyyppejä", Pekka totesi.

"Minnes sitten?" Arto kysyi katsoen ensin Maijaa ja
sitten Pekkaa.

"Mentäiskö klubille, johonkin ihan diskoon?" Maija
vihjasi.

"Ei mielellään, mutta irkkupubiin mä voisin
mennäkin", Arto sanoi.

"Mennään vaan", Maija myötäili.

Pekka nyökytteli hymyillen.

Pekka, Maija ja Arto astelivat sisään
anniskeluravintolaan ja tilasivat juomat. Jonkin aikaa
yhdessä istuttuaan, Pekka tajusi olevansa kolmas
pyörä. Maijalla ja Artolla oli jokin oma juttu, johon
Pekka ei tuntunut kuuluvansa. Hän poistui yhtäkkiä
valitellen päänsärkyä. Maija ja Arto kumpikin

nyökyttelivät hymyillen ja toivottivat Pekalle hyvää yötä.

Pekka päätti kävellä kolmen kilometrin matkan kotiinsa. Hän hengitti sisäänsä keväistä ilmaa ja totesi, että oli turhaan kuvitellut, että Maija olisi hänestä kiinnostunut. Hän pääsi kotitalonsa kohdalle, mutta istuutui sen viereisen lasten leikkipaikan keinuun. Pekka itki. Hän tunsi olonsa tyhmäksi ja loukatuksi. Hän oli pubissa tajunnut, että Maijalla ja Artolla oli enemmänkin yhteistä. Enemmän kuin hän oli kuvitellut.

Hän oli mielissään, mutta ei sen takia, että Eksynyttä harmitti, vaan siksi kuinka helposti väki oli tarttunut syöttiin. Pekka oli kuin kituva pieni eläin, jonka kimppuun saalistajat olivat käyneet, mikä tarkoitti sitä, että tehtävä oli täydessä vauhdissa eikä niin monimutkainen tapahtumien sarja, kuin hän oli pelännyt .

6.

Päivä 1

Oli kesäkuinen perjantai. Pekka istui odottavin mielin bussissa musiikin pauhatessa kuulokkeissa. Hän oli matkalla Hiirenkoloon, lomakylään, joka sijaitsi lähellä syrjäisen kirkonkylän keskustaa. Matkaa kertyi yhteensä noin 90 kilometriä. Pekka katseli ulos ikkunasta ja mietti, kuinka rakastikaan kesää. Hän mietiskeli elämäänsä ja sitä pientä ihmettä, että oli ilman ylemmän tason koulutusta työssä, jossa sai olla siististi sisätiloissa. Nyt hänen pomonsa ja hänen hyvä ystävänsä oli lähettänyt hänet lomalle, joka tosiaan tuli tarpeeseen.

Pekka oli tavannut viime kuussa kaksi kertaa Maijaa ja Millaa, joiden seura oli ollut hänelle hyvää terapiaa. Maija oli ollut yllättynyt siitä, kuinka hyvin Pekka oli tullut hänen lapsensa kanssa toimeen ja oli järkeillyt, että Pekka oli itsekin jonkin sortin lapsi.

Pekka muisteli lapsuuttaan ja kesälomien pitkiä ajomatkoja ikkunassa vilistävien kaltaisiin maisemiin. Hän muisteli pitkältä tuntuvia lomia, jolloin joutui viettämään aikaa lapselle tylsässä ympäristössä hänen isänsä lapsuudenkodissa. Silloin kaikki oli ollut toisin, silloin hän ei vielä tiennyt paremmasta. Nyt hän koki olleensa perheensä vanki, jota heidän toimestaan vain siirreltiin paikasta toiseen mitätöitynä ja henkisesti hylättynä.

Lopulta bussi pysähtyi pienen taajama-alueen pysäkille, ja Pekka nousi pois bussista. Hän käveli kaunista ja sympaattisen pientä maalaisidylliä ihastellen paikalliseen päivittäistavarakauppaan. Pekka osti Arton kehotuksesta mukaansa pikakahvia ja hetken mielijohteesta kuusi olutta siitäkin huolimatta, että alkoholi saattoi toisinaan tehdä hänet huonouniseksi. Pekka nukkui nykyään paremmin kuin ennen, mutta hänellä oli vielä huonoja öitä.

Pekka käveli kaupan viereen sijoitetulle taksitolpalle ja koputti parkissa olevan auton ikkunaan. Nuori mies nousi ulos kuskin paikalta.
"Terve, kyytiinkö tulossa?" kuski kysyi.
"Kyllä, mielellään."
"Okei, laitetaan se sun kassi ja reppu tänne taakse niin päästään lähtemään", kuski sanoi.
Pekka istui auton takapenkille ja ilmoitti: "Lomakeskus Hiirenkoloon, kiitos."
"Jep, retriittiin menossa?"
"Juu, kyllä. Pari kaveria ehdotti sitä juttua mulle, ja pakkohan mun oli suostua, kun toinen vielä maksoikin koko lystin."
"Jaahas, hienoja kavereita sinulla, Hiirenkolo onkin niitä harvoja juttuja, jotka tuovat tänne meille rahaa.

Hienoa on myös se, että muutkin pääsevät näkemään ja kokemaan tämän meidän pitäjän ja tämän kaiken rauhan ja kauneuden."

"Täällä kyllä on kaunista", Pekka totesi.

"Kyllä. Mikä on sinun suhtautumisesi meihin maalaisiin?"

"Mulla on niin huono kasvatus, että mä pidin pitkään maalla asuvia jotenkin tyhminä, mutta mä kyllä olen itse kylläkin muuttanut pieneltä paikkakunnalta isompaan kaupunkiin, joten mulla ei ole edes varaa sanoa mitään mihinkään kaupunkilais-maalais -juttuun", Pekka vastasi.

"Jaa, no meiltä lähtee juuri kaikki vipeltäjät isompiin kaupunkeihin ja me rauhalliset jäädään tänne meidän paikkaan. Mutta on meillä täällä entisiä kaupunkilaisiakin, jotka ovat palaneet loppuun, tai eivät vaan muuten kestäneet sitä kaupungin systeemiä."

"Mitä teillä tuumitaan kaupunkilaisista?" Pekka vuorostaan kysyi.

"Meillä usein ajatellaan niin, että se on kaupunkilaisesta itsestään kiinni. Jos on mulkku, niin ei me kumarrella. Mutta iso osa teistä on ihan hyvää tarkoittavia, joten niin sitten teitä kohtaan mekin", kuski selitti.

Miehet istuivat loppumatkan hiljaa, kuskin naputtaen sormellaan rattia musiikin rytmissä. Pekka maksoi isolla setelillä ja sanoi, että kuski voisi pitää loput. Kuski kiitti ja nousi autosta antamaan Pekalle hänen laukkunsa ja reppunsa. Pekka kiitti ja kuski oli kohta taas auton ratissa ja ajoi pois Hiirenkolon hiekkaiselta pihamaalta.

Pekka katsoi mielissään ympärilleen ja totesi päätyneensä paratiisiin, jossa oli ainoastaan yksi pieni ongelma, hyttyset. Kesä oli onneksi niin lämmin, että näitä viheliäisiä pikkuolentoja ei lennellyt Pekan ympärillä koko ajan. Pekka oli mielissään myös siitä, että lomakeskus oli järven äärellä. Vesi loi paikkaan kuin paikkaan oman tunnelmansa.

Arto käveli sisään suuren vaalean hirsitaloon, jonka katolla luki Reception. Hän ojensi henkilöllisyyskorttinsa ja sanoi, että hänelle oltiin varattu asunto. Nuori neiti näpytteli hetken aikaa tietokoneen näppäimistöä ja sanoi, että Arton olisi mahdollista asuttaa mökki rivitalokaksion sijaan. Niitä oli vielä kaksi tyhjillään.

"Paljonko sellainen tekee lisää?" Pekka tiedusteli.

"Kaksisataaviisikymmentä euroa ekstraa. Et kyllä tulisi katumaan, siellä on iso kylpyamme ja kaikki muukin, mitä vaan ihminen saattoi lomamökiltä odottaa. Sinulle on varattuna lomaa vielä yhdelle ylimääräiselle vuorokaudelle, joten tämä varmaan olisi jotain ikimuistoista", nuori nainen sanoi myyden Pekalle mahdollisuutta parempaan.

"Jaa, no voisinhan mä sen ottaa, pitäähän sitä joskus vaihtaa oikein kunnolla vapaalle", Pekka sanoi hyväntuulisena.

"Okei, pieni hetki", neiti sanoi ja nosti puhelimen korvalleen ja odotti hetken. "Kolmetoista D menee mökkiin numero kuusi, voitko viedä asukkaan tavarat sinne, hän on kohta siellä."

Pekka maksoi kortilla ja sai nuorelta naiselta kauniin tervetulotoivotuksen.

Pekka käveli avain kädessään kohti mökkiä, jossa tulisi asumaan lomansa ajan. Mökki oli upea ja Pekan teki mieli huutaa ilosta, kun hän näki majapaikkansa. Pekka avasi oven ja astui kynnyksen yli. Hän tutki mökkiä ja päädyttyään kylpyhuoneeseen, hän oli entistäkin iloisempi. Iso kylpyamme ja sauna olivat hänelle mieluista ylellisyyttä. Viihtyisän kylpyhuoneen lisäksi takkahuone oli hänestä lopullinen kruunu asumukselle ja siten hänen lomalleen.

Pekka kuuli koputusta ja käveli ripeästi avaamaan ovea, jonka takana odotti Hiirenkolon monitoimimies Ahti, jolla oli sylissään lahjakori sekä paperinippu, jossa oli muun muassa retriitin luentokokonaisuuden ohjelma.

"Tervetuloa Hiirenkoloon", Ahti sanoi ja ojensi korin ja paperit Pekalle.

"Kiitos paljon"

"Mitä pidät mökistä?" Ahti kysyi.

"Tämän hienommin en ole koskaan majoittunut", Pekka totesi.

"Jaa, no ei ihme. Tämä on ihan uusi tapaus tämä mökki. Ilmoita vaan respaan, jos tulee jotain ongelmaa, niin minä hoidan hommat. Olen täällä tällainen yleismies, jonka saa kutsua paikalle, kun on jotain pielessä."

"Minä teen niin, kiitos sinulle", Pekka sanoi ollen iloinen siitä, että palvelu pelasi. Pekka jopa hieman liikuttui Ahdin ystävällisestä käytöksestä. Miehet toivottivat toisilleen hyvää päivänjatkoa, ja Ahti lähti palvelemaan seuraavaa asiakasta.

Pekka sulki oven ja kantoi lahjakorin sekä paperit olohuoneen pöydälle. Korissa oli kolmea erilaista vegaanista suklaata, hedelmiä, muistiinpanovälineet sekä kirja, jonka kannessa luki Harmonia. Paperinippu piti sisällään muun muassa luentokokonaisuuden ohjelman. Tänään tasan kahdeltatoista olisi ensimmäinen luento, joka alkaisi muutaman tunnin kuluttua. Pekalla olisi aikaa käydä kylvyssä ja rentoutua. Hän käveli rennosti sormiaan napsutellen pesuhuoneeseen ja valutti kylpyyn lämmintä vettä. Pekka löysi seinästä napin, josta vääntämällä sai radion päälle. Pekka laittoi yhden lempikanavistaan soimaan ja pulahti ammeeseen veden valuttua. Hetken kuluttua hän ajatteli, että oli tosiaan ollut loman tarpeessa ja aikoisi ottaa mahdollisimman rennosti.

Kello oli viittä vaille kaksitoista, kun Pekka asteli pieneen auditorioon, jossa noin kolmekymmentä ihmistä jo odotti luennon alkamista. Pekka käveli salin takimmaiselle penkkiriville ja kävi istumaan. Samalla penkkirivillä istui kolme vanhempaa miestä, joista Pekkaa lähin tervehti häntä nyökäten. Pekka vastasi tervehdykseen nyökkäämällä ja istui paikalleen.

Kului hetki, ja mies auditorion lavalla alkoi puhumaan: "Noniin, moi. Mä olen teidän houstinne, Markku. Mä haluan täällä tehdä teistä tietoisempia ja onnellisempia ihmisiä. Ja jos ei elämä ala hymyilemään, niin mua voi sitten tulla syyttämään. Olette varmaan kuulleet käsitteestä ikuinen sota. Sillä tarkoitetaan lähinnä kamppailua pahoja taipumuksia vastaan, joita on meissä jokaisessa. Sitä kamppailua te olette tulleet tänne opiskelemaan siinä samalla, kun pyritte tulemaan mun avulla viisaammiksi.
Olette varmaan kuulleet myös Platonista ja hänen luolavertauksestaan. Siinä on siis ideana se, että porukka katselee varjoja luolan seinällä ja kuvittelee, että se on se ihan kaikki, mitä on. Jotkut pääsevät ulos siitä luolasta ja niistä kahleista, joihin ne ovat vangittuina. Pitää olla älykäs tai omata ylempi tieto, jotta voi ymmärtää asian tilan. Niin mä sen asian näen.

Mä olen täällä antamassa teille ylempää tietoa ja toivon, että löydätte itsenne ja sen lisäksi jotain ylevämpää elämäänne. Me myös täällä arvostamme luontoa, jota olemme itsekin, joten kiitos tämän kirkonkylän väelle, että saamme olla täällä ja hengittää tätä puhdasta ilmaa tässä kauniissa suomalaisessa mäntymetsässä. Tällä kurssilla on tärkeintä tulla näille viidelle luennolle ja kuunnella, mitä minä teille sanon, mutta saa osallistua ja keskustella, mikä ei ole mikään pakko. Olette täällä ensisijaisesti lomalla, joten ei muuta kuin Havaijipaita päälle ja sandaalit jalkaan."

Markku osoitti nuorta naista, joka istui salin eturivissä, joka kääntyi tuolillaan ja tervehti kaikkia. "Meillä on myös täällä auttamassa mun assistentti, Liisa, jota ilman mä olisin ihan hukassa. Liisalta saa sitten luennon yhteenvedon aina näiden vajaan tunnin mittaisten tuokioiden jälkeen. Onko jollain nyt jotain kysyttävää tai sanottavaa?"

Pekan vieressä istuva mies alkoi puhumaan. "Eikö sun Markku tällaisen mahdollisuuden kautta kannattaisi myös puhua sun uudesta kirjastakin. Nythän olisi todella hyvä mahdollisuus hieman mainostaa sitäkin puolta itsestäsi, että olet filosofin lisäksi myös kirjailija, ja meidän monen mielestä mies vailla vertaa."

"No joo, kiitos sinne. Multa tosiaan on ilmestynyt sellainen kirja kuin Eksistentialistista filosofiaa kyllästyneille. Siinä mä haluan painottaa, että me osittain itse luodaan oma todellisuutemme ja ollaan myös itse vastuussa kohtalostamme", Markku totesi napakasti.

"Jees, sellainen mainos. Kiitos sinne takariviin. Onko jollain muulla sanottavaa tai kysyttävää?" Markku kysyi.

Kaikki olivat hiljaa ja Markku jatkoi puhettaan. "Meillä elämäntaidon opettajilla ja viisausvalmentajilla on tämä lemppariteema eli buddhalaisuus, jossa painotetaan todella paljon omana itsenä olemista ja itsensä löytämistä. Liiallisen materialismin hylkääminen on siinä yksi isoin juttu. Sitä saa ihmisparka olla iloinen uudesta autosta, takista, tietokoneesta, ihan mistä vaan. Mutta nämä asiat eivät tee ihmistä lopulta onnelliseksi, varsinkaan niin onnelliseksi, kuin itsensä löytäneellä ihmisellä on mahdollisuus olla. Viisaus on mun mielestä sellaista järkevyyttä, jonka avulla ne pysytään erossa ongelmista ja osataan arvostaa jokapäiväistä elämää. Viisaudella on myös toinen puolensa, mutta tällä kurssilla se tarkoittaa siis järkeä eli sitä että teemme oikeita arvovalintoja."

Kun luento loppui, Pekka tunsi koko kehossaan yhtäaikaista rauhan ja euforian tunnetta. Innostus oli vallannut hänet. Markku oli luennon lopuksi sanonut, että kaikki lähtee kotoa, jolla hän tarkoitti lapsuuden kokemusten aikaansaaman persoonan kanavoitumisen olevan suuressa roolissa siinä, mitä tuli myös aikuisen ihmisen olemisen, reagoimisen ja itseilmaisun tapaan. Hän oli jatkanut, että neljä-viisikymppinen ihminen tuli elämässään sellaiseen vaiheeseen, jossa hänelle on mahdollista alkaa päästä eroon lapsuuden traumoista sekä juuri lapsuuden kehityskausien vääristä ja mahdollisesti huonolaatuisista persoonan kanavoitumisista. Markku oli kertonut, että silloin ihminen eräällä tavalla syntyy uudestaan ja saa uuden mahdollisuuden tulla enemmän omaksi itsekseen, tai muuten vaan valmiimmaksi versioksi itsestään. Nuorempanakin pystyy muuttumaan. Suurin este tälle muutokselle nuorena on vertaispaine, joka vaikuttaa nuoremmista ihmisissä joskus hyvinkin vahvana. Ja ihan aikuisillakin on todella vahvoja vertaispainetaipumuksia.

Pekasta tuntui luennon jälkeen siltä, että hän pystyi luottamaan Markkuun. Hän halusi tulla viisaammaksi ja onnellisemmaksi. Pekka keitti vettä ja otti pikakahvin kanssa vegaanista suklaata. Hän odotti malttamattomana illan luentoa, eikä osannut oikein keskittyä mihinkään. Hän vain odotti.

Pekka käveli hiekkakentän poikki kello viiden luennolle innoissaan ja hieman jännittyneenä. Luennon teemana oli rehellisyys. Markku aloitti: "Meidän täytyy olla rehellisiä itsellemme ja osata sen lisäksi vaatia itseltämme moraalista käyttäytymistä, jossa on mukana omatunto. Meidän täytyy uskaltaa katsoa syvälle itseemme, vaikka sieltä löytyisi jotain todella pahaa. Mutta meidän, kuten sanoin, täytyy myös uskoa hyvyyteen. Se on jonkinlainen sääntö kaikkeudessa, se hyvyys. Ja pahuus on epäloogista. Paha tuhoaa itsensä aina. Muistakaa, että pystytte muuttumaan hylkäämällä kaiken sen, mikä teissä tuhoaa teitä itseänne ja muita ympärillänne. Ja jos siellä pääkopassa on ihan hirveä demoni, menkää lääkäriin."

Luennon jälkeen Pekka kävi lomakylän ruokalassa syömässä ja poistui sieltä nopeasti mökkiinsä. Pekalla oli ollut pitkä päivä ja hän tarvitsi unta ja hän nukahtikin heti sänkyyn päästyään.

Päivä 2

Pekka heräsi viideltä aamulla ja tunsi olonsa pitkästä aikaa levänneeksi. Hänestä tuntui, että kaikki oli hyvin ja ajatteli, että tässä kaikessa taisi sittenkin olla järkeä. Pekka tuli siihen johtopäätökseen, että hän oli saattanut jämähtää johonkin psykologiseen kehitysvaiheeseen, mikä esti häntä olemasta täysin aikuinen ihminen. Tämän ajatuksen hän kirjoitti ylös muistiinpanovihkoonsa, minkä jälkeen hän suuntasi suihkuun.

Pekka halusi tutustua Hiirenkolon alueeseen ja käydä järven rannassa. Pekka käveli rantaan ja ihasteli kesäistä aamua. Hän tunsi liikuttuvansa, Jumala taisi haluta hänelle sittenkin hyvää. Kaikki ahdistus oli poissa, ja Pekka tunsi olevansa tasapainoisempi kuin koskaan aikaisemmin. Hän oli joskus lapsena kokenut samanlaisen tunteen. Oliko tämä johdatusta, hän mietti. Hetken aikaa Pekka tunsi kuin lämmöntunnetta mielessään. Hän hymyili.

Pekka käveli receptioniin, joka oli auki ympäri vuorokauden. Hän osti kahvin ja kaksi sämpylää. Takaisin mökkiinsä kävellessään, Pekka huomasi kaksi oravaa. Hän jäi mökin kuistille katsomaan näiden kauniiden luonnon olentojen leikkiä, jossa vuoron perään ajettiin toista takaa ja mentiin ylös, alas ja ympäri puuta. Yhtäkkiä oravat pysähtyivät ja jäivät tuijottamaan Pekkaa. Pekan mielestä tilanne oli maaginen ja hänestä tuntui, että luonto puhui hänelle. Lopulta Pekalle tuli kummallinen olo ja hän käveli sisään mökkiinsä. Outo tunne ei meinannut mennä ohi, ja Pekasta tuntui siltä, että hän oli uteliaisuudellaan häirinnyt luontoa. Hänen mielensä rauhoittui vasta hänen saatuaan kahvinsa juoduksi.

Lauantain keskipäivän luennon teemana oli kateus. "Kyseessä on iso vyyhti, johon kuuluu tarvetta kilpailla, mustasukkaisuutta muita kohtaan sekä muiden sabotoimista." Markku oli sitä mieltä, että meidän tulee lopettaa täysin muiden kanssa kilpaileminen, koska silloin kadotimme sen, mikä oikeasti oli elämässä tärkeää. Nämä asiat olivat harmonia itsensä ja luonnon kanssa sekä viisas, järkevä elämä.

Markku myös sanoi, että kateus oli tunteista pahimman eli vihan tunteen yleisin aiheuttaja, joka oli kateellisen turhautumisesta kumpuava tunne. Viha oli hänen mielestään tunteista kamalin, koska sitä tunteva ihminen ei kykene olemaan täysin oma itsensä, tai juurikaan nauttimaan mistään. "Vihaa ei voi perustella millään hyvällä, muistakaa se", Markku sanoi.

Luento loppui neljänkymmenen minuutin kuluttua sen alkamisesta ja Pekka löysi lähestulkoon heti sen jälkeen itsensä mökistä lukemasta Harmonia-nimistä kirjaa, jonka oli saanut herkkukorin mukana. Hän mutusteli suklaata ja hörppi pikakahvia tyytyväisenä. Teos oltiin kirjoitettu taolaisesta näkökulmasta ja sen johdanto-osuudessa kerrottiin pääpiirteissään koko kirjan viesti. Taolainen näkökulma oli väkinäistä yrittämistä karsastavaa ja siinä pyrittiin löytämään ihmisen sisäänrakennettu yhteys luontoon ja omaan itseen. "Älä siis edes yritä, sopii mulle", Pekka sanoi ivallisesti nauraen ja sulki kirjan.

Hän ei kyennyt juuri nyt keskittymään lukemiseen, vaan halusi kirjoittaa kiitosviestit Maijalle ja Artolle. "Lähetän tämän viestin kummallekin, Maijalle ja Artolle. Kiitos paljon, että järjestitte mut tänne. Olen lopultakin alkanut oikeasti uskomaan johonkin."

Lauantai-illan luennon aiheena oli Markun sanojen mukaan nykyään muodikas termi, ohjelmointi. "Jokaisella on jokin opittu tapa ajatella. Emme saa olla tämän ajattelun vankeja, vaan meidän on osattava vapautua siitä ja tiedostettava se, jos vain pystymme. Ohjelmointia on kasvatus, koulutus ja niin edelleen jutut, joiden seurauksena opimme asioita, jotka muokkaavat meistä erilaisia olentoja, kuin luonnollisesti olisimme. En missään nimessä sano, että tämä psykologinen ohjelmointi olisi turhaa, mutta sitä voidaan käyttää väärin. Sitä voidaan käyttää meitä vastaan."

Yleisössä nousi nuoren naisen käsi. "Hei, anteeksi."
"Siellä on vissiin kysymys, ole hyvä", Markku sanoi.
"Kun kerta on tällaista ohjelmointia, niin onko yhteiskunta sitten paha, onko maailma paha?" nainen kysyi.
"Hyvä kysymys. Ja vastaus on ei. Täällä on pahuutta, mutta en lähtisi sanomaan, että maailma, yhteiskunta tai ihminen olisivat pahoja. Ohjelmointi on ehkä vähän liian raflaava termi, mutta mä tykkään käyttää sitä,

koska se on niin selkeä tapa ilmaista kyseinen asia. Me tarvitsemme kulttuuria ja yhteiskuntaa, jotka ovat tieteen ohella mun mielestä ihmiskunnan tärkeimmät luomukset. Yhteiskunta antaa meille mahdollisuuden keskittyä työn eli meidän tehtävän lisäksi moneen muuhun asiaan, koska tehtävät on jaettu eri ihmisille ja eri sektoreihin. Näin meillä on aikaa muuhunkin kuin jatkuvaan työntekoon. Taiteen ja kulttuurin kautta yhteiskunta peilaa meidän puutteita ja vahvuuksia ja antaa meille raamit, joiden varassa toimia. Ne kannattaa tunnistaa ainakin itsessä, niin ei mene asiat sekaisin."

"Kiitos", nainen sanoi.

Markku sanoi: "Ole hyvä ja kiitos kysymyksestä. Onko muilla jotain kysyttävää tai sanottavaa tähän väliin?"

Kaikki olivat hiljaa. Pekan mielestä Markun formaatti oli loistava, koska siinä ei tarvinnut osallistua, mutta sai jos halusi. Pekkaa nimittäin pelotti, että hän nolaisi itsensä, jos hän päättäisi sanoa jotakin. Hän halusi myös pysyä tuntemattomana, koska liika seura kuormitti häntä ja hän oli ennen kaikkea lomalla lataamassa akkuja.

Pekka käveli luennon jälkeen muiden osallistujien mukana Hiirenkolon ruokalaan, jossa valitsi vegaanisen aterian. Pekka oli sitä mieltä, että lihan syöminen oli elämän riistämistä ja murhaamista, eikä hän juuri nyt halunnut olla osa ilmiöitä, jossa käytettiin hyväksi tuntevia olentoja ja saatiin nämä mahdollisesti kärsimään.

Kolme luennoilla takarivillä istuvaa vanhempaa herraa istuivat pöytään, jonka ääressä Pekka ruokaili.

"Melkoinen luento", aloitti yksi heistä katsoen Pekkaa.

"Kyllä, melkoinen luentokokonaisuus. On tullut tosi paljon uutta tähän pieneen päähän", Pekka vastasi.

"Sen se tekee, Markku nimittäin. Opiskeltiin samaan aikaan Helsingissä, kun oltiin nuoria. Ihan oikea filosofi se mies on ja oikea maailmanparantaja."

"Painonsa arvoinen kultaa", sanoi toinen, johon kolmas sanoi: "Tai timantteja."

"Oletteko kaikki opiskelleet filosofiaa?" Pekka kysyi.

"Kyllä, no, paitsi tuo yksi, joka on ihan vaan insinööri", sanoi keskustelun avannut mies, osoittaen kaveriaan.

"Juu, tällainen vaan. Mitäs se nuori poika tekee työkseen?" kysyi insinööri.

"Olen kiinteistövälitysfirmassa henkilöstöpäällikön apulaisena. Mä olen kolutukseltani pelkkä ylioppilas, että ei sen hienompaa titteliä", Pekka sanoi nöyrään tapaansa.

"Sehän on ihan hyvä työ, ei sellaista kannata vähätellä. Sitä tekee mitä tekee", insinööri totesi.

Pekka ruokaili ja jutteli miesten kanssa vielä jonkin aikaa, minkä jälkeen hän suuntasi takaisin mökkiinsä. Pekka oli päättänyt juoda oluet, jotka oli ostanut perjantaiaamuna. Hän lämmitti saunan ja valutti kylpyammeeseen lämmintä vettä, samalla kun joi olutta. Ennen saunaan menoa Pekka katsoi puhelimeensa. Hän oli saanut viestin kummaltakin, Maijalta ja Artolta. Kumpikin olivat iloisia siitä, että Pekka oli ollut avoimin mielin. Arto oli kirjoittanut olevansa markkulaisia koko loppuelämänsä ja olevansa ylpeä Pekasta, koska hän oli ottanut ison askeleen kohti viisastumista ja ihmiskuntaa vaivaavasta mielettömyydestä paranemista.

Sauna oli lämmennyt. Pekka kävi lauteille istumaan, juoden samalla olutta. Hän päätti jatkossa pitää lomaa ainakin kerran vuodessa. Mökin vuokraaminen oli hänen mielestään hyvä ajatus myös tulevillekin lomille. Pekka kaipasi ulkomaille, olihan hän nuorempana jonkin verran reissannut. Suomen rajojen ulkopuolelle matkustaminen oli hänen mielestään kuitenkin sen verran vaivalloista, että hän ei jaksanut alkaa edes suunnittelemaan pidempää reissua.
Pekka sai tarpeekseen liian kuumasta saunasta ja suuntasi suihkun kautta kylpyammeeseen. Tänään hän istuisi vielä olut kädessä takkahuoneessa ja vain rentoutuisi kuunnellen musiikkia.

Päivä 3

Pekka harppoi pihamaan läpi taloon, jossa luentosali sijaitsi. Tarjolla oli kakkua, mikä aluksi huvitti Pekkaa. Hän leikkasi itselleen palasen ja otti mukillisen sekamehua. Pekka käveli luentosalin perälle ja istuutui tuolille. Hänen olisi tehnyt mieli kiittää Markkua hienoista luennoista, muttei viitsinyt häiritä häntä. Olihan Markun ja Liisan ympärillä useita ihmisiä, joiden kanssa he keskustelivat. Pekka mietti, minkälaista olisi olla normaali ja sosiaalinen ihminen, joka tuli toisten kanssa hyvin toimeen ilman väkinäistä itsensä normaaliuteen pakottamista, mutta ei lopulta viitsinyt vaivata ajatuksella liikaa päätään. Sitä vaan taisi olla mitä oli.

Ihmiset siirtyivät omille paikoilleen ja Markku aloitti puhumisen. "Noniin, hyvä juhlaväki. Meillä on nyt sitten alkamassa viimeinen luento. Meillä oli siis kakkua tarjolla. Mun mielestä kakku on varmaan kivoin tapa juhlistaa yhdessä jotain tapahtumaa, kuten nyt tämän toivottavasti monia silmiä avanneen kurssin loppumista. Eikä nyt juhlita asian loppumista, vaan sen valmiiksi saamista. Kakku, siinä jaetaan yhdessä tällainen herkku, mikä jotenkin tuo ihmisiä enemmän yhteen."

"Tämän viimeisen luennon pääteeman voi kiteyttää sellaiseen lausahdukseen kuin ei multa mitään puutu. Mä tarkoitan sillä sitä, että ei anneta minkään pilata iloa siitä, että ollaan olemassa ja osa elämää, mikä on maailman siistein juttu. Meiltä tietenkin kaikilta puuttuu jotain, mutta meidän ei kannata sellaisen takia seota. Miettikää, miten hienossa maassa me saadaan elää, varsinkin kun vertaa... No jokainen on katsonut uutisia ja tietää, että maailma on jossain melko sekaisin."

Markku puhui pitkään maailman ongelmista, joista Pekalle jäi päällimmäisenä mieleen luonnonkatastrofit, joiden takia ihmisiä, ajautui jatkuvasti kodittomuuteen. Hän myös Ahdistui Markun puhuessa huumeista, joiden käyttäminen oli Markun sanojen mukaan itsemurha.

"Mä olen siis puhunut teille kateudesta. Se on iso teema, ja mä haluan palata siihen. Nimittäin ketkä ovat kateellisimpia ihmisiä maailmassa? No hitto soikoon, narsistit. Mä uskallan väittää, että siinä hommassa on kyse kateustraumasta, mikä sotkee kaikkien tällaisten narsisti-tyyppien itsensä ja heidän lähipiirinsä elämän. Narsisti käyttää jatkuvasti aikaa siihen, että se miettii, kuinka manipuloida muita ja mikä valhe keneenkin toimii. Ja jokainen, joka on koskaan tuntenut narsisteja tietää, että ne valehtelevat ja ovat täysiä idiootteja. Me vaan annamme niille periksi, siihen ne luottaa. Ne kyllä mielellään uskottelevat itselleen olevansa kusetuksen Nobel-palkinnon arvoisia supersankareita, mutta ei, me vaan annetaan niille periksi, niin pitkään kuin me pelätään niitä. Meissä jokaisessa muuten on narsistisuutta, mutta narsisti on sellainen tyyppi, joka haluaa aina jotain, mitä ei voi saada, tai mikä ei sille kuulu. Narsisti vihaa ja tuhoaa itsensä, vieden mielellään helvettiin kenet vaan kykenee. Meidän pitää hyväksyä tosiasiat ja meidän on kehdattava tyytyä vähään, jos meillä vain vähän on. Muistakaa, että kaikki on hyvin, kunhan vaan muistatte luottaa Jumalaan ja vaalia teidän ikuisia sieluja. Arvostakaa elämää, arvostakaa itseänne ja arvostakaa muita ihmisiä ja kaikkia muitakin mahdollisia olevaisia. Tähän on hyvä lopettaa. Älkää unohtako, teiltä ei puutu mitään. Tässä tämä nyt sitten oli."

Kaikki luentosalissa alkoivat taputtamaan ja Markku kutsui Liisan kanssaan lavalle. Kumpikin kumarsi ja yleisö jatkoi taputtamista jonkin aikaa. Markku ja Liisa ottivat toisiaan käsistä kiinni ja kumarsivat vielä kerran, minkä jälkeen kumpikin laskeutui alas lavalta.

Pekka suuntasi suoraan receptionin kahvion kauppaan ja osti sieltä itselleen kolme patonkia ja kuusi olutta. Kävellessään kohti mökkiään, hän totesi itselleen, että tästä alkaisi lepoloma, jonka hän oli ansainnut. Pekka vain joisi olutta ja tekisi kaikkea mukavaa, minkä vaan saattoi sijoittaa rentoutumisen käsitteen alle.

Hän avasi mökkiinsä päästyään television ja surffasi kanavia. Televisiosta ei tullut mitään erityisen mielenkiintoista, joten Pekka tarkisti puhelimellaan illan elokuvatarjonnan. Hän katsoisi illalla typerän ja idioottimaisen komedian, elokuvan josta oli lapsena pitänyt. Tänään olisi siis pienen nostalgiamatkan aika.

Päivät 4 ja 5

Loppuaika mökillä kului Pekalta lepäämällä ja rentoutumalla. Pekka joi myös maanantai-iltana kuusi olutta ja keskittyi itseensä ja kaikkeen, mikä hänelle juuri nyt oli tärkeää. Hän istui takan ääressä, saunoi ja kylpi ammeessa. Pekka oli vieläkin vaikuttunut Markun puheista ja hänen yleisölleen jakamastaan opista. Pekka, Arton tavoin, oli nyt markkulaisia.

Tuli tiistai ja Pekka istui taksissa, jota ajoi samainen nuori mies, joka oli kyydinnyt Pekan Hiirenkoloon.

"No, miten meni?" kysyi auton rattia risteyksessä kääntävä nuorukainen.

"Oli aivan äärimmäisen iso juttu, mä en olisi ikinä uskonut, että voisi kenenkään puheet säväyttää niin paljon", Pekka sanoi.

"Sen se Markku monelle tekee", kuski totesi.

"Sinä siis tunnet Markun?"

"Kaikkihan täällä hänet tuntee. Meidän kylän suurin näkemyksellinen. Ihan oikea noita se mies. Muutti nuorena Helsinkiin opiskelemaan ja saapui sieltä vieläkin vahvempana ja älykkäämpänä. Kuuntelen joka sanan, mitä sen miehen suusta tulee ja pysyttelen muuten kaukana koko äijästä. Suuri mies. Jätänkö sut tohon pysäkille?" kuski kysyi.

"Juu, kyllä kiitos ja hyvää jatkoa."

"Samoin."

Hän oli tyytyväinen Eksyneen kykyyn ottaa tietoa vastaan. Myös tämän suhtautuminen tietäjän oppiin, oli Hänen mielestään erinomainen osoitus siitä, että Eksynyttä kuului auttaa. Eksynyt halusi saada elämänsä kuntoon, siinä Hän olisi mielellään apuna. Mutta kaikki aikanaan.

"Sä et voi olla noin saatanan itsekeskeinen paska. Etkö sä tajua, että äiti tekee kuolemaa?" Pekan sisko huusi puhelimeen.

"Joo, tajuan mä. Ette te saa mua sinne enää kiusattavaksenne", Pekka sanoi hieman kiihtyneellä äänellä.

"Tule, vitun paska, pois sieltä sun piilostasi ja ole kuin mies!" sisko huusi vielä kovempaa.

"Noniin, mä lopetan nyt", Pekka sanoi ja katkaisi puhelun.

Hän oli harmissaan siskonsa käytöksestä. Pekka jatkoi elokuvan katsomista kotisiohvallaan ja yritti unohtaa äskeisen. Meni hetki ja siskolta tuli vielä viesti, jossa luki: "Mä muuten perin kaiken." Tämä nauratti Pekkaa, joka vastasi viestiin: "Ihan sama joku vitun perintö. Isähän on vielä elossa, vitun valkohai."

8.

Oli sunnuntai. Pekan loman loppumisesta oli kulunut vajaa viikko. Maija ja Arto istuivat Maijan kotona iltaa ja olivat kutsuneet Pekan käymään Maijalla "kyselytunnilla". He halusivat tietää, mitä Pekka nyt ajatteli retriitistä. Pekka oli kutsusta mielissään ja oli vastannut, että voisi tulla nopeasti piipahtamaan. Pekka oli myös päässyt eroon mustasukkaisuudesta Maijaa kohtaan. Pekka oli siitä erityisen ylpeä, hän oli kasvanut ihmisenä.

Pekka istui nyt Arton vieressä sohvalla. He seurasivat Millan esitystä, jossa hän tanssi kaksi kertaa itseään suuremman pehmohiiren kanssa. Hiiren nimi oli Hauska. Milla kertoi rakastavansa Hauskaa ja menevänsä tämän kanssa isona naimisiin.

Oli Millan nukkumaanmenoaika, hän vaati saada Arto-sedän kertomaan iltasatua.

"Arto on iltasatujen mestari", sanoi Maija, joka nousi nojatuolista ja käveli jääkaapille hakemaan Pekalle ja itselleen juotavaa. Maija istui Pekan viereen ja tarjosi hänelle lasillisen olutta.

"Miten, Pekka, se reissu lopulta meni? Oliko se vaivan arvoinen?"

"Kyllä. En olisi uskonut, että voi ihmisen sanat resonoida tässä miehessä niin paljon. Sen koko homman jälkeen on ollut todella rauhallinen ja jotenkin turvallinen olo", Pekka sanoi vakavana.

"No hienoa. Markku on sellainen, että moni saa siltä niitä oikeita vastauksia. Ja mitä olen muiden kanssa keskustellut, niin moni on sanonut, että niissä on auennut jonkinlainen uusi kanava", Maija totesi ja joi suullisen oluestaan.

"Toi on tosi hyvin sanottu, jotenkin musta tuntuu, että mä saan tosta kiinni."

Milla nukahti nopeasti. Arto saapui olohuoneeseen ja Maija sanoi hänelle, että hän voisi ottaa jääkaapista oluen. Arto kävi kaapilla ja saapui nopeasti olohuoneeseen. "No, Pekka, miten meni reissu? Kerro kaikki."

Maija kertoi, että vaikutti siltä, että Pekassa olisi auennut jonkinlainen Jumala- ja luontosuhde, mikä sai Arton hymyilemään.

"Hienoa, Pekka, sähän se oikea shamaani olet", Arto totesi iloiseen ja jokseenkin isälliseen tyyliinsä. "Minkälaisia ajatuksia noin muuten?"

"No, kyllä mä jotenkin tajusin siellä, että mä olin jotenkin tosi jumissa itseni kanssa. Siitä huolimatta mun pää vaan aukesi siellä, eikä tarvinnut edes mitenkään oivaltaa itsestään mitään piinallista, vaan juuri uskon vahvistumisen ja tiedon lisääntymisen kautta mä sain lisää ymmärrystä ja rauhan tunnetta, mikä on vieläkin läsnä. Sisko muuten soitti eilen ja haukkui mut paskaksi, kun en ole menossa tapaamaan niitä. Se tuntui sellaiselta testiltä, että oliko jonkinlainen mielenrauha löytynyt ja olihan se. Ei nimittäin ärsyttänyt siskokaan yhtä paljon kuin aikaisemmin.

Meidän äiti kuolee pian, ja ne halusi mut sinne näyttäytymään, mutta mä en mene. Lopulta se laittoi mulle viestin, jossa uhosi perivänsä kaiken. Samahan mulle toisten rahat on, mutta harmittaa todella paljon, että juuri oma perhe on niin paljon vastaan."

"Aika mulkkuja", Arto totesi.

Maija nyökytteli ja sanoi, että ei kannattanut edes vaivautua jatkossa vastaamaan heidän puheluihinsa.

Pekka oli hetken hiljaa ja kysyi, mitä retriitti oli heille merkinnyt.

Maija aloitti. "Mulle se tarkoitti sitä, että mä ymmärsin, että mun tehtävä täällä maan päällä on kääntää kirjoja ja se on mulle myös intohimo. Mä tajusin, kuinka siunattu mä olen siitä, että mä saan olla mukana tuomassa iloa muille ihmisille ja olla osa sakkia, jonka olemassaololla on merkitystä. Mulla oli joskus tosi huono itsetunto ja mä olen tehnyt sen kanssa tosi paljon hommia. Markun ansiosta mulla on parempi olla, mä olen sille ikuisesti kiitollinen siitä. Luonnollisuus on nykyään mulle sen luentosarjan ansiosta tärkein juttu ja luonnollisena pysyminen yksi mun olemassaolon päätarkoitus. Siellä tuli myös paljon muutakin, mutta pääpiirteissään noi oli ne, jotka nyt on tärkeitä."

Kumpikin katsoi Artoa, joka sanoi, että luonnollisuuden kunnioittamisen ohella, hän oli oppinut olemaan iloinen siitä, mitä hänellä oli.

Pekka totesi, että hänen olisi pakko päästä ajoissa nukkumaan ja kiitti Maijaa ja Artoa kutsusta viettämään kanssaan iltaa. Pekka oli mielessään kiitollinen, että Maija ja Arto ymmärsivät häntä ja poistui Maijan asunnosta kesäiseen iltaan.

Pekka päätti kävellä kotiin. Matkaa oli noin kolme kilometriä, eikä sen taivaltaminen ollut hänelle mikään iso suoritus. Iltakin oli kaunis ja lämmin. Pekasta tuntui siltä, kuin hän olisi taas nuori. Hän tunsi itsevarmuutensa lisääntyneen, eikä Arton ja Maijan ystävyys, joka vaikutti joltain syvemmältä kuin pelkältä ystävyydeltä, enää häirinnyt häntä. Hän osti päivittäistavarakaupasta jäätelön ja sitä syödessä päätti lopullisesti alkaa vastuullisemmaksi ihmiseksi, joka ei ollut liian riippuvainen muista. Siinä oli järkeä.

Hän halusi myös Maijan ja Arton tavoin olla luonnollinen ja kunnioittaa luontoa niin paljon kuin kykeni.

9.

Elettiin elokuista viikonloppua, eikä helle mennyt enää huonosta vitsistä edes niille, jotka kesästä eniten nauttivat. Arto oli täyttänyt viime viikolla kolmekymmentäkahdeksan vuotta ja oli päättänyt järjestää ystäviensä kanssa juhlat.

Pekka lukitsi Arton kotitalon sivupihalla pyöräänsä, kun näki valkoisen limusiinin pysähtyvän talon eteen. Autosta nousi Arton vanhemmat, Mauri ja Virpi, sekä heidän läheinen ystävänsä, Juhani. Pekka suuntasi heitä kohti tervehtimään kaikkia kolmea.
"Pekkahan se siinä", Mauri sanoi.
"Katsos vaan, mitä kuuluu?", sanoi Virpi, joka vaati saada halata Pekkaa.
Pekka ojensi kätensä Maurille, jonka jälkeen hän kätteli Juhania.
"Enkös päässytkin hienolla kärryllä tänne ystävien juhliin", Juhani sanoi mielissään.
"Kyllähän tuolla kelpaa ajella", sanoi Pekka, jolle limusiini symboloi typerää rahaa palvovaa pinnallista asennetta ja kerskailua, mutta ei todellakaan viitsinyt sanoa mitä ajatteli.
Mauri naurahti ja totesi, että Virpin ideahan koko "valkoisella paskalla ajeleminen" oli ollut, johon Virpi totesi, että ääni kellossa oli erilainen, kun sai istua autossa viskilasi kädessä.

"Siitä viskistä puheen ollen", Mauri sanoi ja osoitti sormellaan Arton taloa.

Pekka sai sisällä talossa heti vastaansa Maijan, joka vei Pekan Arton työhuoneeseen.

"Voit jättää sen lahjan tähän", sanoi Maija osoittaen Arton työpöytää, minkä jälkeen hän osoitti kirjahyllyssä niteisiin nojaavaa taulua. Taulussa oli kuva pingviinistä ja pingviiniasuun pukeutuneesta miehestä, joka ojensi pingviinille punaista suklaarasiaa.

"Mitä tämä taulu tarkoittaa?" Maija kysyi Pekalta humalaisen napakasti.

"Jaahas", Pekka sanoi ja vastasi: "No siinä on aito tapaus ja sitten joku epäaidompi. Ja jotain lahjan antamista. Olisiko toi jonkin sortin rakkaudenosoitus toi lahja?" Pekka vastasi.

"Hyvä", Maija sanoi ja poistui paikalta ripeästi.

Pekka kyllä tiesi, mikä taulun ajatus ja merkitys oli. Siinä oli kyse ihmisten alituisesta tarpeesta juoruta toisten asioista, vaikka sitten maalaamalla toisistaan tauluja, joissa oli symboliikkaa jonkun henkilökohtaisista asioista. Pekka katsoi taulua tarkemmin ja huomasi sen olevan signeerattu. Virpi, Arton äiti, oli maalannut sen.

Pekka käveli keittiöön ja otti sieltä mukaansa juoman. Hän oli aloittanut juomisen jo kotona. Hänellä oli siihen omasta mielestään hyvä syy, hänen äitinsä oli kuollut. Isä oli lähettänyt Pekalle viestin, jossa oli ilmoittanut asiasta. Pekka oli laittanut takaisin viestin, jossa ilmoitti, että heidän ei tarvitsisi olla enää yhteydessä.

Pekka ei ollut juhlatuulella, hän suuntasi ulos Arton kotitalon takapihalle. Hän käveli kuistille, josta huomasi kaksi toisiaan suutelevaa naista. Pekka päätti siirtyä ripeästi sisälle, mutta hän kuuli hieman vanhemman naisista kysyvän, että olikohan Pekalla tupakkaa. Pekka vastasi kieltävästi ja sanoi jättävänsä naiset rauhaan.

"Höpsis, höpsis", nainen sanoi. "Mikäs sinä olet miehiäsi?" hän kysyi.

"Mä olen Arton töistä, se on mun bossi."

"Jaa, oletko se Maijan eksä?" Kysyi naisista nuorempi.

"Juu, kyllä vaan", Pekka totesi hieman ärsyyntyneellä äänensävyllä.

"Oletko nähnyt jo juhlien suurimman puheenaiheen eli sen taulun?" nuorempi naisista kysyi.

"Kyllä", Pekka vastasi.

"Mitä se sulle tarkoittaa?" nuorempi kysyi.

"Mun mielestä siinä on joku aito ja epäaito ja jotain lahjontaa. Ja tietenkin rakkautta", Pekka vastasi.

Kumpikin naisista naurahti. Vanhempi sanoi: "Sä et joko tiedä tai tajua. Se on Arto se pingviiniksi tekeytynyt. Siis etkö sä tosiaan tiedä? Arto on homo."

"Aijaa, sama se mulle on, mikä Arto on seksuaalisuudeltaan. Mutta joo, en tiennyt", vastasi Pekka, joka oli loputtoman ärsyyntynyt tajutessaan keskustelevansa Arton henkilökohtaisista asioista.

"No hyvä, että on ihan sama…"

Pekka kuuli Maijan selvittävän kurkkuaan hänen takanaan. "Nyt tytsyt ja poitsut laulamaan karaokea", Maija sanoi. Naiset kieltäytyivät kohteliaasti, mutta Pekka suostui ja sai hyvän tekosyyn poistua sisätiloihin.

"Pekka, onko sulla kaikki hyvin?" kysyi Maija, joka tajusi Pekan olemuksesta, että hänellä oli paha olla.

"Mä en tässä viitsi…"

"Eli sun äitisi kuoli ja tulit tänne mököttämään, niinkö?"

"Niin, vaan en mököttömään, vaan…"

Maija oli vihainen. "Etkö sä tosiaan tajua, että toisten juhlia ei saa myrkyttää omalla surulla tai vitutuksella?"

"Joo, mä lähden kotiin. Voitko ilmoittaa Artolle, mikä oli homman nimi?"

"Pekka, sä olet jo täällä, et sä lähde mihinkään! Sä syöt ja juot ja vaikka esität, että sulla on kaikki hyvin."

Tuli Maijan vuoro laulaa ja Pekka olikin jo kohta keittiössä kaatamassa itselleen viskiä. Pekka suuntasi Arton pelihuoneeseen seuraamaan autopeliturnajaisia ja yritti jonkin aikaa nauttia olostaan, mutta ei kyennyt esittämään iloista. Hän poistui juhlista.

10.

Juhani istuutui tumman porrasperäisen auton etupenkille.

"Ennen kun sä alat sättimään mua, mä haluan sanoa, että ne jallitti mua porukalla viimeisen kuukauden ajan", Juhani aloitti.

"Ihan sama, sä mokasit. Mä olen nähnyt ennenkin, kun teikäläiset innostuvat juuri siitä asiasta, jota mukamas vihaatte maailmassa eniten", sanoi kasvonsa peittänyt iso, lihaksikas ja kalju mies, josta Juhani ei tiennyt mitään muuta, kuin hänen fyysiset, silmiinpistävät erityispirteensä.

"Miten tästä eteenpäin?"

"Siten, herra hyvä, että sä olet lomalla. Sua ei enää tarvita ja sä voit vaikka muuttaa vanhainkotiin. Ihan sama mulle, kunhan sua ei näy siinä apukuskin paikalla enää ikinä."

Juhani nousi autosta, jota kohti hänen teki mieli vähintään sylkäistä. Tämä ei ollut sitä mistä oltiin sovittu. Hän käveli suoraan läheiseen kioskiin ja osti sieltä kaksi kuuden pakkausta olutta ja askin tupakkaa. Viisi vuotta savuttomana oli nyt aivan samantekevä asia.

Juhani käveli kaupungin keskustan läpi juoden olutta. Kun hän sai yhden tölkin juotua tyhjäksi, aukesi toinen. Hän ei välittänyt ihmisten katseista, vaan käveli oluttölkki kädessään kuin nuoret kapinalliset, joita hän vihasi maailmassa eniten.

Juhanin saavuttua kotiovelleen, hän huomasi, että se oli avattu jollain muulla kuin avaimella. Juhani avasi rikkinäisen oven ja sisälle päästyään hän näki lähes tulkoon kokonaan hajotetun asuntonsa, jonka seinällä luki teksti Murhaajaksi melko veltto paska.

"Saatanan kusipäät", Juhani sanoi kovaan ääneen ja käveli vihaisena parvekkeelle. Tupakan poltettuaan hän käveli nikotiinin rauhoittamana sisälle asuntoonsa tarkoituksenaan mennä vessaan, mutta ei koskaan päässyt sinne asti.
Juhani kaatui lattialle, hän oli kuollut.

11.

Maija ja Arto seisoivat kirkon parkkipaikalla, odottaen Arton vanhempia. Arto tiesi, että hänen äitinsä ei jättäisi käyttämättä tilaisuutta hyväkseen, vaan itkisi ja valittaisi äänekkäästi koko sen ajan, kun ympärillä olisi ihmisiä saattamassa Juhania haudan lepoon.

Meni pari minuuttia, ja taksi oli parkkipaikalla.
"Voi mikä kauhu", Virpi sanoi kovaan ääneen halaten ensin Maijaa ja sitten Artoa.
"Miten te olette jaksaneet?" Maija kysyi.
"Kyllähän tämä tästä. Lähti hyvä mies liian aikaisin, mutta onneksi eli hyvän elämän. Pilkkikaveri ja paljon muutakin se mies oli", Mauri sanoi silmiään pyyhkien.
"Mennään jo, siellä on juhlat alkamassa", sanoi Arto, joka ei ollut tänään oikein oma itsensä.
He saapuivat kirkkoon, joka oli täynnä ihmisiä. Paikalla ei ollut montaakaan Juhanin sukulaista, mutta sitäkin enemmän hänen ystäviään.
Arto tunsi suorastaan alkukantaista vihaa äänekkäästi itkevää äitiään kohtaan ja päättikin lähteä Jumalan huoneesta ennen kuin surujuhla kerkesi kunnolla alkamaan.

Arto pääsi pihalle ja sylkäisi maahan. Hän naurahti näytelmälle, jonka näyttelijä hän oli itsekin vielä äskettäin ollut. Arto otti taskustaan pienen pussillisen valkoista jauhetta. Hän työnsi kotiavaimensa pussiin ja otti sen kärjellä pienen annoksen ainetta, jonka hän nuuskasi vasempaan sieraimeensa. Päihde oli loppumassa, joten Arto käveli autolleen ja soitti entiselle koulukaverilleen, Jimille, jonka lompakon paksuudesta hän oli pitänyt hyvää huolta jo viimeiset pari vuotta.

"Terve, voinko tulla käymään?" Arto kysyi.

"Tietenkin. Täällä on sitten muutama vieras mulla, mutta saathan sä aina tulla täällä käymään", sopersi Jimi, joka oli kävi taas hitaalla. Hänen aineensa oli heroiini.

Arto ei ollut aivan varma, oliko hänen turvallista käydä Jimillä. Jimin ystävät olivat kovemman luokan rikollisia ja siten isompaa kaliiberia, kuin Arto, joka oli heihin verrattuna melko kunnollinen ihminen. Arto oli kylläkin luisumassa lopullisen itsensä tuhoamisen helvettiin. Hän sanoi puhelimeen hiljaa: "Onko aivan varmasti okei, että tulen käymään?"

"Joo, joo. Tänne vaan", Jimi sanoi hieman närkästyneenä.

Arto ajoi kaupungin uloínta kehätietä ja näpytteli Maijalle viestiä. "Mulle iski hirveä pahoinvointi ja jouduin lähtemään. Illalla tuut mun luokse kylään, niin sulla on hauskaa."

Arto saapui kaupungin pahamaineisimpaan lähiöön, Leivokkaan. Jimin kotitalon parkkipaikalla hän vielä vilkaisi puhelintaan. Maijalta ei ollut tullut viestiä takaisin, joten Arto nousi ulos autosta.

70

12.

"No moi, mitä vanha kuoma", Jimi sanoi avattuaan Artolle oven.

"Hyvää, kiitos. Mikä meininki?" Arto kysyi.

Jimi käveli hämärän asuntonsa olohuoneeseen ja sanoi: "Kaikki on kuin ennenkin, eikä tämä toivottavasti tästä muutu."

Arto otti olkalaukustaan nipun seteleitä ja ojensi ne Jimille.

Jimillä oli kylässä neljän porukka, kaksi todella rikollisen näköistä, isokokoista miestä ja kaksi prostituoitua muistuttavaa naista vartaloa myötäilevissä mekoissaan.

"Kyllähän se pukumies jää meidän kanssa vedoille", arpikasvoinen mies sanoi leveästi hymyillen.

"Pukumies lähtee meidän kanssa reiveihin", vihjaili isopovinen kaunotar, joka katsoi Artoa viehkeästi hymyillen.

Arto selvitti kurkkuaan ja sanoi: "Joo, ihan mielellään lähtisin, mutta mun pitää tästä ihan saman tien poistua. Jos Jimi tosta mun satsista tarjoaa teille pienet. Mulla muuten, Jimi, on hoppu, joten jos sä voisit vähän kiirehtiä."

"Tässä menee niin kauan kuin tässä menee", Jimi sanoi hieman ärsyyntyneenä kärsimättömälle Artolle.

Arto sai pienen odottelun jälkeen aineet kouraansa ja Jimi tovereineen jäivät Injektoimaan itseensä Arton tarjoamia annoksia.

Arto saapui kotiinsa ja huomasi saaneensa Maijalta viestin, jossa hänet haukuttiin pataluhaksi. Arto kirjoitti hymyillen viestin, jossa lupasi olla hyvä isäntä Maijalle tänä iltana. Maija ilmoitti olevansa tulossa tunnin kuluttua, johon Arto vastasi, että asia kävi hänelle.

Tunti kului huumeen sekoittaman Arton aikakäsittein nopeasti, ja yhtäkkiä ovikello soi. Arto käveli Subutexin rentouttamin askelin ottamaan Maijaa vastaan. Hän avasi oven ja toivotti vieraansa tervetulleeksi kotiinsa. Maija näki pistojäljet paidattoman Arton käsivarsilla ja ajatteli, että nyt oli hyvä mies luisumassa ihmiselämän nurjalle puolelle.

"Onko nyt varmasti sitä kolaa?" Maija kysyi päästyään eteiseen.

"Seuraa ja opi", sanoi Arto, joka oli jo maailmassa, jossa ei omatunto vaivannut ja jossa kaikki oli kaunista. Maija oli juuri nyt todella, todella kaunis.

Keittiön pöydällä lojui valkoista jauhetta, joka oli aseteltu viivoiksi CD-levyn kannen päälle, jonka vieressä oli seteli, jonka Maija nappasi käteensä ja pyöritteli huumeen nuuskaamista varten rullaksi. Hetken kuluttua Maijakin oli toisessa ulottuvuudessa, jossa hän oli itsevarma ja sanavalmis ihminen hiljaisen lukutoukan sijaan.

Arto katsoi silmien alta hymyillen nenäänsä niiskuttavaa Maijaa, joka tunsi tuon petomaisen katseen. Arto oli seksiä vailla. Maija otti muutaman askeleen Artoa kohti ja suuteli häntä suulle. He suutelivat hetken ahnaasti. Kumpikin riisuivat vaatteitaan ja jonkin ajan kuluttua he rakastelivat Arton makuuhuoneessa. Yhtäkkiä Arto lopetti ja totesi olevansa liian väsynyt.

Arto käveli vessaan, josta kuului hetken kuluttua tömähdys.

"Hei, Arto. Oletko sä kunnossa?" Maija kysyi hieman normaalia kovemmalla äänellä. Arto ei vastannut, joten alaston Maija päätti käydä tarkistamassa, mitä hänen huumeista sekaisin olevalle ystävälleen kuului.

Arto makasi alastomana vessan lattialla. Maija varmisti, että Arto ei ollut ruumis ja huojentui kun huomasi hänen hengittävän. Maija ei keksinyt muuta kuin hakea makuuhuoneesta peiton ja tyynyn, joiden avulla hän teki lattialla makaavan narkomaanin olosta hieman mukavamman.

Maija laittoi makuuhuoneen lattialla lojuvat vaatteensa ylleen ja käveli keittiöön, jossa ilmaisi viivan kokaiinia nenäänsä. Maija otti jääkaapista oluen ja alkoi tutkimaan Arton kotia. Keittiön kaapeissa ei ollut mitään mielenkiintoista, joten Maija suuntasi Arton työhuoneeseen, jossa Arton päälle jäänyt tietokone humisi yksinään. Maija alkoi selaamaan sähköposteja, joista yksi pomppasi Maijan silmille. Se oli viesti, jonka otsikon kohdalla luki Tiedän sinusta jotain. Maija avasi viestin ja klikkasi auki videotiedoston. Video oli kuvattu puolitoista vuotta sitten järjestetyissä menoissa, joihin Maijakin oli osallistunut.

Maija ymmärsi, että hänellä oli ongelma. Hän oli niin vahvasti kokaiinin vaikutuksen alaisena, että ei tuntenut mitään muuta kuin pelkkää pinnallista ärsyyntyneisyyttä. Hän sammutti tietokoneen ja tutki työpöydän laatikkoa, josta löysi Arton huumekätkön. Maija nappasi käteensä pussillisen valkoista jauhetta, joka päätyi hänen housujensa taskuun ja päätti, että juhlisi tänään. Ja tekisi sen näköjään ilman Artoa.

13.

Oli perjantai-ilta, elettiin syyskuun loppua. Pekka istui lähipubinsa ikkunapöydässä baarijakkaralla keikkuen ja katseli ikkunasta sateesta märkää lähiötä. Hän oli sopinut Maijan kanssa, että he kävisivät parilla oluella ja vaihtaisivat kuulumisia. Maijan oli kuulemma pitänyt saada hetkeksi vapaata äitiydestä, ja Pekka oli luvannut olla hänelle seurana. Kunhan joisivat vain pari olutta.

Sade oli piiskannut kaupunkia jo kaksi vuorokautta, ja säätiedotuksen mukaan koiranilmaa jatkuisi vielä toiset kaksi päivää ja yötä. Pekan puhelimeen kilahti sähköpostiviesti. Kaikkien yllätykseksi muutama viikko sitten kadonnut Arto kertoi viestissä, että asui tällä hetkellä Malagassa ja toivoi, että Pekka tulisi käymään hänen luonaan. Pekka kirjoitti, että oli hienoa saada elonmerkkejä Artosta, ja että hän yrittäisi järjestää lomaa. Pekka ei ikinä vastaisi Artolle kieltävästi, Pekasta tuntui, että Arto tarvitsi häntä.

Arton isä, Mauri, oli ollut kaksi viikkoa sitten Pekkaan yhteydessä ja kertonut Arton kadonneen. Pekka oli luullut, että Arto oli ollut lomalla, jonka oli päättänyt hetken mielijohteesta pitää. Mauri oli kysellyt, että sattuisiko Pekka tietämään, minne heidän poikansa oli piiloutunut. Pekka oli ollut hämillään, eikä ollut osannut sanoa muuta, kuin että ilmoittaisi Maurille heti, jos saisi tietää Artosta jotain.

Pekka näpytteli Artolle viestin. Hän kirjoitti, että olisi heti yhteydessä Artoa sijaistavaan Riikkaan, joka oli nyt Pekan lähin ja ylin johtaja.

Pekka laittoi Riikalle viestin, jossa kysyi, että milloin voisi pitää lomaa, jonka teemana olisi kadonneen Arton tapaaminen. Hän ilmoitti, että Arto oli tällä hetkellä Malagassa ja että hänellä taisi olla kaikki hyvin.

Maija saapui Baariiin ja hän seisoi nyt Pekan vieressä kiihtyneen oloisena.

"Moikka. Sori, että kesti. Mä käyn hakemassa kaljan", Maija sanoi puhisten ja katsoi Pekkaa kummallisesti suoraan silmiin.

"Pikku juttu. Kiva, että olet nyt siinä", totesi Pekka ja otti kulauksen oluesta.

Maijalla kesti jonkin aikaa, Pekka katseli ulos ja nautti oluen rauhoittavasta vaikutuksesta. Humalaa hän ei tänään jaksaisi, mutta antaisi itsensä juoda niin sanotusti muutaman.

Pekka sai hetken odottelun jälkeen Maijan seurakseen.

"Nyt, Pekka, sitten ihan rehellisesti. Kerro miksi me erottiin?" Maija kysyi.

Tuota kysymystä Pekka olikin jo jonkin aikaa odottanut, mutta kun sitä ei ollut kuulunut, oli hän ajatellut, että Maijaa ei lopulta ollut paljoakaan hetkauttanut se, että Pekka oli hänet joskus jättänyt. Pekka tiesi olevansa Maijalle selityksen velkaa ja koki velvollisuudekseen kertoa, mistä erossa oli ollut kyse.

"Jaa, nyt on tuon kysymyksen aika". Pekka päätti hieman jaaritella, mutta aikoi antaa Maijalle hyvän ja tyhjentävän vastauksen.

"Kyllä, Pekka. Anna kuulua."

"Okei, saat kuulla koko homman", Pekka totesi ja jatkoi: "Mä olen itsekin sitä miettinyt ja tullut ensinnäkin siihen johtopäätökseen, että se oli mun kohdalta virhe. Pakko muuten sanoa, että se oli kuitenkin mun mielestä uhriton ero. Siis tarkoitan, että me ei ainakaan huudettu toisillemme tai mitään. Me ei riidelty, ei ollut lentäviä lautasia eikä paukkuvia ovia."

Pekka oli hetken hiljaa ja ymmärsi, että erolla taisi olla ainakin yksi uhri, joka oli Pekka itse. Hän ei ollut onnistunut jatkamaan sosiaalista elämäänsä eron jälkeen ja hän oli typerällä tempullaan tehnyt itsestään kaikkien silmissä ääliön. Myös Maija oli kärsinyt ja kärsi yhä, mutta Pekka ei sitä ymmärtänyt. Maijalla kun oli Pekan mielestä kaikki niin hyvin.

"Mä taisin ihan vaan rehellisesti sanottuna pelätä, että mitäköhän siitä meidän jutusta olisi voinut tulla. Siis, että…"

"Sä pelkäät onnellisuutta ja sitoutumista, mä tiedän sen. Mutta sano nyt, vittu, miksi?"

"Sä taidat haluta nyt sitten vastaukseksi jotain, että en tiedä, olen tyhmä tai olen joku täysi paska", Pekka sanoi vihaisena hiljaa todeten. Hän ei kyennyt kertomaan, että oli ollut jatkuvasti mustasukkainen ja meinannut seota sen takia. Sen julki lausuminen olisi tehnyt asiasta Pekan mielessä enemmän totta, eikä Pekka kyennyt antamaan tuota typerää syytä Maijalle selitykseksi. Pekka koki vielä kaiken lisäksi olevansa muuttunut mies, joten hän ajatteli, että olisi ollut turhaa ottaa asia esille. Tai edes ajatella sitä.

"No, kai sitten niin. Mun pitää käydä vessassa, sä et varmaan sillä aikaa lähde täältä minnekään?" Maija ivasi.

"Hehheh", Pekka vinoili takaisin.

Riikalta tuli viesti, jossa luki, että Pekka voisi pitää lomansa vaikka heti ja voisi tulla seuraavan kerran töihin vasta marraskuun ensimmäisenä päivänä, kunhan olisi silloin valmis aloittamaan uuden työnsä, joka olisi kiinteistövälityksen toimistolla, jossa otettiin asiakkaat vastaan ja pidettiin huolta firman juoksevista asioista. Arton ja Pekan nykyiset työt Riikka hoitaisi itse. Niitä kun oli melko vähän. Pekan ei tarvitsisi olla rahasta huolissaan, sillä hän saisi lokakuun aikana palkkaa puolet siitä, mitä oli saanut toimessa ollessaan. Tämä kävi Pekalle, joka naputteli Riikalle takaisin, että "asia selvä, kiitos paljon".

Maija saapui takaisin Pekan viereen ja tönäisi Pekkaa kyynärpäällä käsivarteen. "No, mitä sulle kuuluu, Peksi?"

"Ihan hyvää. Mä sain äsken Artolta viestin, että se asuu Malagassa. Mä lähden käymään sen luona heti kun saan lentoliput hankittua", ilmoitti Pekka, joka otti puhelimen käteensä alkaakseen selaamaan lentoja Espanjaan.

Maija naurahti. "Onko näin? Mitäs te homopojat meinaatte siellä tehdä?"

"Jaa-a. Varmaan lähinnä homoilla ja puhutaan pelkästään homoudesta. Musta tuntuu, että mä olen velvoitettu menemään sinne sen luokse, koska mä olen saanut niiden suvulta niin paljon. Ja ollaanhan me läheisiä kamuja."

"Tehän voisitte käydä Ibizalla", Maija nauroi.

"Mä voisin ihan oikeasti käydä Ibizalla, se on kuulemma todella hieno paikka", Pekka sanoi tosikkomaisella tyylillä, ohittaen Maijan irvailun.

Pekka ja Maija istuivat hetken hiljaa, jonka jälkeen Maija sanoi, että hänen pitää jo lähteä. Pekka oli sitä mieltä, että hyvä niin, mutta sanoi Maijalle, että "harmin paikka".

Pekka oli iloinen, että tänään niin kusipäältä vaikuttava Maija katosi sateiseen iltaan.

Pekka sai nyt oivallisen tilaisuuden etsiä itselleen lennon ja viestittää Artolle, että saapuisi hänen luokseen niin vikkelästi kuin vain pystyi. Hän kertoi viestissä myös uudesta työstään ja mainitsi Maijan ivanneen heitä, sekä pahoittaneen mielensä siitä, että Pekka olisi lähdössä tapaamaan häntä.

14.

Päivä 1

Oli maanantai, lokakuun toinen päivä vuonna 2023. Kello oli noin viisi illalla. Reissun innostama Pekka seisoi Malagan suuren betonisen lentokenttärakennuksen pääoven edustalla reppu selässään sekä iso duffelilaukku olallaan hihnasta roikkuen ja odotti Artoa. Pekka ei ollut nähnyt vilaustakaan ystävästään, joka oli luvannut tulla häntä vastaan. Muutaman minuutin odotettuaan, Pekka päätti soittaa Artolle, mutta juuri kun oli selaamassa puhelintaan, joku tarttui häntä takaapäin olkapäistä säikäyttäen hänet.

"Arto, jumalauta! Vitsi mä säikähdin."

"Sorry, kuoma. Nyt hypätään autoon ja porhalletaan mun kämpille, jossa vedetään kännit", Arto sanoi ja otti laukun Pekan olalta. "Miten meni lento?"

"Ihan hyvin paitsi, että kone tärisi pari kertaa turbulenssista niin, että meinasin toisella kerralla paskantaa housuihin. Sitten oli tietenkin joku ikiliikkuja, virtapiikki pikkukakara vieressä, joka piti huolen siitä, että varmasti vitutti koko ajan. Lennätkö muuten bisnesluokassa?"

"Jaa. Pari kertaa kokeillut bisnesluokkaa, mutta se ei ole mun juttu. Meidän perheellä on sellainen tapa ajatella, että ei tuhlata rahaa ihan turhuuksiin, vaikka mun mielestä me kaikkea turhaa omistetaankin", Arto sanoi.

"Sorry, taisin olla liian utelias", reissun innostama Pekka sanoi.

Arto sanoi vain että "no problema".

Pekka ja Arto kävivät sisään Arton tyylille sopivaan, sporttiseen ja kalliiseen autoon ja köyttivät itsensä tuoleihin.

"Millä fiiliksillä?" Arto kysyi Pekalta.

"Tosi hyvillä, tekee niin parasta päästä käymään jossain muualla ja vähän elääkin", Pekka vastasi.

Arto naputteli sormillaan auton rattia. "Hyvä, meillä onkin tänään sitten juhlat. Mä olen tehnyt ruokaa ja juomaakin löytyy, joten alkajaisiksi mun kotona ja sitten hieman viihteelle. Miltä kuulostaa?"

"Todella hyvältä, ihan hemmetin siistiä olla täällä", Pekka vastasi innokkaana.

He ajoivat noin viisitoista minuuttia Malaguetan kaupunginosaan, jossa Arton vuokraama asunto sijaitsi. Hän asui kattohuoneistossa, joka ei ollut halvimmasta päästä. Pekka olisi vaihtanut elämänsä milloin tahansa Arton äveriääseen kulutusjuhlaan, mutta olisi tehnyt muutaman asian toisin. Hän ei olisi antanut sen näkyä liikaa, jos olisi ollut yhtä varakas kuin Arto.

He saapuivat yli sadan neliön asuntoon, josta Pekka sai valloitettua itselleen seuraavan kymmenen vuorokauden ajaksi huoneen. Asunto oli sisustettu pelkistettyyn tyyliin ja se oli Pekan mieleen. Pekka käveli kevyin mielin keittiöön, jossa Arto keräsi lautasia ja valmistamiaan tapaksia tarjottimelle.

"Mennäänkö tuohon parvekkeelle nautiskelemaan juomista ja näistä pikku annoksista, jotka mä olen meille kokannut?" Arto kysyi.

"Jes, mennään vaan. Voinko mä auttaa sua jotenkin?" Pekka kysyi.

"Ei, ei. Tää on ihan heti valmista. Mene vaan vaikka jo tonne partsille, niin mä tuon sinne nämä loput kamat. Ja otahan kalja."

Pekka istui parvekkeella tuolille ja jäi katsomaan merelle päin avautuvaa näkymää, joka lumosi hänet.

"Eikö olekin ihan kiva?" parvekkeelle juuri saapunut Arto kysyi nauraen.

"Ei hitto soikoon, Arto. Tämä asunto on melkoinen helmi."

"Kyllä, ja mun vielä sellaiset pari kuukautta. Mä katoan jossain vaiheessa kokonaan. Kiitos vaan muuten, että kerroit Maijalle eli kaikille, että mä asun täällä", Arto ripitti Pekkaa leikillään. "Sain siltä paskalta sähköpostia, jossa se haukkui meidät molemmat pelleiksi."

"Voi hitto, anteeksi, mä en ollut tullut ajatelleeksi. Mä olen kyllä melkoinen idiootti", Pekka sai sanottua.

"Ei se mitään, pikku juttu. Otahan sapuskaa, tossa on viskiäkin, jos maistuu.

Kaverukset istuivat vierekkäin ja katselivat kirkasta, kaunista ja sinistä merta ja joivat juomiaan ja söivät tapaksia. Artoa alkoi naurattamaan, hän tunsi pakottavaa tarvetta kysyä Pekalta hänen seksuaalisuudestaan.

"Niin, Pekka. Mä haluaisin tietää, että mikä sä olet miehiäsi noin mitä seksuaalisuuteen tulee."

Pekka hämmentyi hetkeksi. Hän tiesi, että ei mennyt ulkoiselta olemukseltaan miehekkäästä miehestä ja että moni varmasti piti häntä homona. Hän mietti hetken ja vastasi: "Mä näen sen siten, että mussa on paljon naista ja mä olen kuitenkin itselleni mies. Se nainen mussa saa aikaan sen, että mä en meinaa jaksaa kaikkia miesten juttuja, mutta mä olen kuitenkin ihan iloinen, että mä olen fyysiseltä sukupuoleltani mies. Se nainen mussa on mun sisäistä miestä älykkäämpi ja se usein irvailee sille miehelle, eikä ne aina tule toimeen, mutta sillä miehellä on ihan kohtalainen huumorintaju..."

"Okei, okei. Mä uskon sua. Toi vaan vaikuttaa hieman selittelyltä, mutta mä uskon sua" totesi Arto mietteliäänä.

Mutta Pekka halusi jatkaa. "Mä olen sen verran tietoinen niistä jutuista, että mä voin sanoa, että olen vähän homo, mutta enimmäkseen kyllä pidän naisista."

Nyt Arto oli mielissään Pekan sanoista, mutta koki, että Pekka ei kyennyt myöntämään omaa seksuaalisuuttaan ja sitä, että piti myös miehistä. Pekka ei ollut Arton mielestä kovinkaan naisellinen, mutta hän kyllä aisti Pekasta sen, että hänellä saattoi olla paljon monipuolisempi sukupuoli ja seksuaalisuus, kuin hän antoi olettaa.

"Se on Pekka sellainen juttu, että olet mikä olet, mutta ole oma itsesi. Ja ystäviä ollaan, eikö juu?"

"Kyllä, tottakai ollaan."

"En olisi uskonut, että sä alat puhumaan mulle jotain pseudo-jungilaista dualismia, mutta ihan hyvä juttu sulla on meneillään. Mä taas olen biseksuaali, enkä mä yritä sua mitenkään tässä pokailla tai käännyttää. Mä vaan ajattelin, että olisi hyvä vähän jutella siitä, että mitä ollaan. Seksuaalisuus on kuitenkin ihmiselle iso juttu."

"Siellä sun syntymäpäiväjuhlissa oli ihan hirveä meteli siitä pingviinitaulusta ja sun seksuaalisuudesta", Pekka kertoi.

"Joo, mä kuulin. Maija kuulemma meni ihan sekaisin ja munasi itsensä selittäessä kaikenlaista denialistista paskaa itsestään ja revitteli sillä, että mulla on tämä mun toinen puoleni. Mä sain sen maalauksen mun äidiltä viime jouluna ja olin päättänyt, että se pääsee aitiopaikalle, kunhan tulee seuraavat kunnon juhlat. Ja se olikin täysi hitti."

"Maija on jotenkin muuttunut", Pekka totesi ja oli jatkaa, mutta Arto kerkesi häntä ennen.

"Voi jumalauta, se muija vetää kokaiinia kuin hullu ja on kohta ihan täysi pirinisti. Sen kaiken huumepaskan takia mäkin olen nyt täällä turistirysässä piilossa. Mä olen, Pekka, vetänyt ihan kaikkea ja vielä päätynyt tykittämään roinaa hihaan. Mun suurin rakkaus on valitettavasti ollut vahvemmat opiaatit, joita ilman oleminen on muuten ihan helvetin vaikeaa."

"Onko näin, oletko nyt ihan tosissasi?" häkeltynyt Pekka sai kysyttyä. Hän oli kuvitellut, että Arto käytti vain alkoholia silloin tälloin, kuten oli antanut ymmärtää.

"Kyllä. Sen takia mä vielä tässä joku päivä muutan luultavasti Aasiaan ja elelen siellä loppuelämäni ilman huolen häivää. Mä en muuten tule ikinä kertomaan kenellekään teille entisen elämän tyypeille, minne mä muutan. En edes sulle, Pekka. Mä olen saanut mun talon myytyä ja mulla on säästöjä vielä vaikka kuinka paljon eli rahan puutteeseen homma ei tule kaatumaan. Mä katoan ihan täysin."

Pekka oikaisi selkäänsä tuolilla istuessaan. "Kyllä mä ymmärrän, että sä haluat aloittaa hommat alusta, olenhan mäkin tehnyt vähän saman jutun, mutta kyllähän sä voisit edes meihin joihinkin pitää yhteyttä." "Ihan turhaan mutittelet siinä. Elämä on mitä on, ja mä olen kohta jossain muualla. Sähän kerroit heti koko maailmalle, missä mä asun. Sama tapahtuisi kuitenkin uudestaan", Arto ivasi. "Sori, mulle muuten iski hirveä väsymys, kun mä otin liikaa tota viskiä, kun vähän janotti", ilmoitti kasvojaan kummallakin kädellä hierova Arto. "Mä taidan tästä mennä sänkyyn. Tehdään huomenna jotain mukavaa, käydään vaikka Torressa. Se olisi mun mielestä hauska juttu. Mitä mieltä?"

"Joo, tottakai. Kaikki käy", sanoi Pekka, joka tunsi huolta ystävästään.

Arto nousi tuolilta horjuen ja toivotti hyvät yöt. Hän ei viitsinyt kertoa Pekalle, että oli odottanut häntä jo viikon nukkuen huonosti ja tehden suunnitelmia siitä, mitä he voisivat Pekan kymmenpäiväisen loman aikana tehdä.

Pekka jäi istumaan parvekkeelle yksikseen ja kaatoi itselleen lasiin hieman viskiä. Hän katseli merelle ja mietti, että mitä kaikkea hienoa isolla rahalla saikaan. Jostain kuului autojen äänitorvien ääntä ja humalaista huutoa, mikä muistutti Pekalle siitä, että hän oli suurkaupungin ytimessä. Yhtäkkiä hänet valtasi kummallinen olo, jollaista hän ei ollut koskaan tuntenut. Hän tunsi jotenkin uusiutuvansa ja rauhoittuvansa.

Pekka kantoi tarjottimella astiat parvekkeelta keittiöön ja otti kaapista vielä yhden oluen, joka olisi hänen nukahtamislääkkeensä. Kohta Pekka nukkuisi, kuten Artokin jo teki.

Hän katseli nukkuvaa Eksynyttä ja sitten Linkkiä ihmetellen, mistä näiden kummien ihmisten jatkuvassa seksuaalisuuden miettimisessä oli kyse. Hän oli itse nähnyt ja kokenut kaikki tavat rakastaa, mutta ei ollut koskaan kohdannut lajia, joka teki rakastamisesta ja rakastamisen nautinnosta yhtä ison metelin. Hän tiesi jo nyt, kuinka kaikki tulisi päättymään ja taas luotti heihin, jotka päättivät ihmisten asioista. He olivat saavuttaneet yhteisymmärryksen ja taas kunnioittivat toisiaan.

Päivä 2

Pekka heräsi kauniista ja ihmeellisestä unesta, jossa hän oli lentänyt taivaalla ja tuntenut rakkautta koko maailmaa kohtaan. Hän otti puhelimensa yöpöydältä ja katsoi kelloa, joka näytti puolta seitsemää. Keittiöstä kuului kolinaa, mikä sai Pekan nousemaan sängystä. Hän suuntasi keittiöön, jossa Arto jo valmisti aamupalaa.

"Huomenta, mitä tänne kuuluu?" kysyi Pekka, joka seisoi ovensuussa, pitäen käsillään sen yläkarmista.

Arto katsoi nopeasti ystäväänsä silmiin ja jatkoi puuron sekoittamista. "Hyvää, kiitos. Mitä sulle, onko jo hirveä morkkis, että tulit tänne?"

"Ei todellakaan ole mitään morkkista ja hyvää kuuluu. Mikä on päivän suunnitelma? Onko se vielä se Torremolinos?"

"Niin mä olin vähän suunnitellut, se olisi sellainen vähän hassu pyhiinvaellus oikein kunnon turistikohteeseen. Käykö se sulle?" Arto kysyi.

"Tottakai", Pekka vastasi.

"Sen visiitin jälkeen odotetaan siestan yli vaikka katsoen elokuvaa ja tehdään vielä jotain mukavaa."

Meni muutama tunti, ja Pekka ja Arto istuivat Arton autossa ja matkasivat kohti Malagasta noin kymmenen kilometrin päässä sijaitsevaa Torremolinosta. Arto poltti ikkuna auki sikaria ja hyräili radiossa soivaa kappaletta. Pekka nautti olostaan, vaikka hänestä tuntui jossain määrin idioottimaiselta käydä pahamaineisessa turistikohteessa.

Torremolinos oli pieni ja nykyaikainen kaupunki, joka edusti arkkitehtuuriltaan uuden ja vanhan sekoitusta klassisella espanjalaisella tyylillä maustettuna. Rakennukset olivat värikkäitä ja Pekan mielestä hullunkurisen näköisiä.

Pekka ja Arto saivat auton parkkiin ja suuntasivat kohti ravintolaa, joka oli tunnettu Suomi-teemastaan. Arto ohjasi heitä oikeaan suuntaan, eikä hassulla tuulella ollut Pekka voinut olla muistuttamatta Artoa siitä kuinka hyvin hän Torremolinoksen tunsi.

"Sä olet sitten käynyt täällä ennenkin. Meiltähän puuttuu vaan sukka-sandaali -yhdistelmät", Pekka ivasi kovaan ääneen naureskellen, välittämättä kaupungin kadulla liikkuvista ihmisistä.

"Mä, Pekka, tajuan kyllä ton sun asenteen. Me tosiaan ollaan Espanjan aurinkorannikolla, ja täällä käy paljon pakettimatkailijoita, jotka eivät kaikki välttämättä ole mitään tietoisia reppureissaajia. Massaturismi on iso osa tämän maan ja varsinkin tämän alueen pääelinkeinoa. Ei tätäkään juttua tarvitse hävetä."

Arton mielestä Pekka häpesi seksuaalisuuttaan ja oli siksi turhaan nolona siitä, että vietti aikaa turistien suosimassa matkakohteessa, jolla oli junttilan maine. Kaksikko saapui suomalaisen ravintolan edustalle ja Arto kysyi: "Uskallatko käydä sisään, vai ollaanko liian muotitietoisia?"

Pekka virnisti. "Joo, sisään vaan."

Pekka ja Arto tilasivat kumpikin pitsat. Pekka otti myös oluen. Arto aloitti puhumisen: "Niin, Pekka se sun illan puhe siitä sun sisäisestä naiseudesta oli mun mielestä melko hyvää settiä. Sä siis ihan oikeasti näet asian siten, että sussa on vahva naisellinen puolesi. Onko niin?"

"Joo, kyllä. Mä en sanoisi sitä niinkään naiselliseksi puoleksi, vaan ihan naiseksi, joka on minussa. Nehän ovat kaksi ihan eri asiaa. Se mun sisäinen nainen kylläkin vähän kavahtaa miehiä seksuaalisesti, mutta mä pidän kaikkia ihmisiä ihan tasapuolisesti arvokkaina."

Arto katsoi Pekkaa arvioivasti. "Kyllä mä uskon, että sulla ei ole mitään ketään vastaan. Mä vaan yritän tälleen vähän moukkamaisesti kelata, miten se juttu sulla menee. Sä et olekaan mikään täysin klassinen tapaus, ja se on musta ihan okei juttu. Muista, että nämä täällä ovat myös ihmisiä, vaikka niiden turistikohde ei sua täysin miellyttäisikään."

"Joo, sori. Mä en tiedä mikä muhun meni", Pekka sanoi hiljaisella äänellä.

"Jaa et? Suhun meni häpeä ja ahdistus, jotka sun mieli muutti joksikin, mikä oli sun mielestä hauskaa itseilmaisua."

Miehet saivat annokset eteensä ja alkoivat haarukoimaan ruokaa nälkäisiin kitoihinsa. Artoa janotti. Hän oli ollut jo melkein kuukauden ilman muita aineita, mutta alkoholia kului. Artoa harmitti katsoa oluttaan siemailevaa Pekkaa, joka ei tuntunut tajuavan, kuinka paljon hänen teki mieli juoda itsensä humalaan.

Pekka ja Arto tekivät syötyään pienen lenkin Torremolinoksessa, ja Arto totesi, että kaupungissa oli laadukas hiekkaranta. Molemmat olivat sitä mieltä, että heidän pitäisi pitää myös rantapäivä, kun kerta olivat aurinkorannikolla, joka kylläkin jo odotti turisteista vapaata kauttaan, jonka aikana alueen ihmiset saivat rauhoittua ja elää hetken ilman matkalaisia, joiden viihdyttäminen ja palveleminen oli raskasta työtä.

Päästyään takaisin Arton kattohuoneistoon, kumpikin suuntasi suoraan keittiöön. Pekka avasi oluen, ja Arto nappasi käteensä vodkapullon josta kaatoi itselleen ison lasillisen vahvaa ainetta, joka katosi nopeasti hänen kurkustaan alas. Arto kaatoi vielä toisen lasillisen, jonka joi hieman hitaammin irvistellen.

"Mulla tosiaan on vähän raskas jakso meneillään, joten tuota viinaa tulee vielä kiskottua vähän liikaakin", Arto sai sanotuksi. "Alkoholi auttaa siihen ihan pahimpaan oloon ihan hyvin, mutta mun pitää kyllä joku päivä lopettaa senkin litkiminen.
"Ei siinä mitään, jokainen tekee mitä tekee. Muista, että mä olen sun ystävä ja sä voit puhua mulle ihan mistä vaan haluat. Mä kyllä kuuntelen sua", Pekka sanoi kykenemättä peittelemään huolestuneisuuttaan. "Me voidaan muuten käyttää julkista liikennettä, jos sä haluat enemmänkin ottaa. Mä kyllä ymmärrän. Ja

munkin tekee mieli juoda täällä vähän enemmän kuin mä normaalisti joisin."

"Okei, tehdään niin. Kiitos", Arto sanoi.

Loppupäivä kuluikin ystävyksiltä rentoutuen. He katselivat suoratoistopalvelusta kaksi elokuvaa ja keskustelivat välillä niitä näitä. Päivä kääntyi iltaan ja humalaiset Pekka ja Arto kävivät nukkumaan.

Päivä 3

Arto ja pekka istuivat keittiössä ja söivät aamupalaa. He olivat jutelleet firman asioista, jonka jälkeen alkoivat keskustelemaan tuntemistaan ihmisistä.

"Mistä meidän porukat muuten tuntevat toisensa?" Pekka kysyi.

"Mä en ole siitä ihan varma, mutta ne eivät ole olleet pitkään aikaan tekemisissä keskenään. Sun vanhemmille oli lopulta ollut melko kovakin paikka se, että meillä on tota tuohta ihan eri tavalla, kuin monella muulla."

Pekkaa hymyilytti. "Jaa, raha on vaikea juttu. Se ei tosiaankaan ole itsessään minkään arvoista, mutta sillä kun tässä meidän maailmassa saa kaikenlaista kivaa hankittua, niin se sitten on monelle melkoinen fetissi.

"Kyllä", Arto sanoi. "Ja kun sitä on paljon, niin se on sellainen juttu, että sitä pitäisi jotenkin piilotella ja olla tekemättä mitään kivaa, että kaikki ympärillä ei vittuunnu. Ei anneta minkään paskan tulla meidän välille, eihän?"

"Ei tosiaankaan", Pekka totesi. "Siinähän se juuri onkin, että se pitää osata kestää. Jos pää hajoaa toisen onnesta, niin ihminen on mun mielestä jotenkin perseestä ja sekoaa ihan turhan takia. Riippuuhan se myös siitä, miten ne rahat on hommattu. Jos vaikka on valtaa pitävä tyyppi jossain kehitysmaassa, ja omat asemiehet ryöstelee sakkia ympäri kyliä, niin onhan se paskamainen juttu. Mutta teillä on hyvä bisnes, ja se on eri homma. Eikä mun palkkapussilla edes kehtaa alkaa valittamaan toisten rahoista, mulla on kaikki mitä mä tarvitsen."

Arto oli mielissään siitä, kuinka hyvin oli valinnut yhden läheisimmistä ystävistään. Pekka oli lopulta melko viisas yksilö, joka ei jaksanut kärsiä puutteen tunteen takia. Arto ehdotti, että he voisivat lähteä käymään kaupassa, minkä jälkeen heillä olisi juomaa ja ruokaa useammaksi päiväksi. He nimittäin olivat sopineet, että viettäisivät muutaman päivän vain elokuvia katsellen, syöden ja juoden. He kävisivät joka päivä ravintolassa syömässä, niin Arto oli vaatinut. Muuten Pekan ulkomailla olo menisi jotenkin hukkaan.

Päivä 7

Pekka ja Arto olivat viettäneet kolme vuorokautta juoden ja elokuvia katsellen ja nyt oli tullut aika käydä ihastelemassa kulttuuria, jota Malaga myös tarjosi. He olivat sopineet käyvänsä Gibralfaron ja Alcazaban linnoituksella, joka kiehtoi Pekkaa, koska se oli vanha rakennuskokonaisuus ja siten muistutus ajasta, joka ei enää ollut täällä. Paitsi juuri vanhojen rakennusten muodossa.

Pekka ja Arto nousivat linja-autosta Gibralfaron mäen päällä ja suuntasivat linnoitukseen, joka jatkuu lopuksi Alcazaban palatsilinnoituksena. Portilla Arto maksoi kummankin sisäänpääsyn. Linnoituskompleksi oli Pekan mielestä hieno ja jylhä, mutta ei mikään tajunnanräjäyttäjä. Hän kuitenkin koki suuren muurin päällä hetkellisen rauhantunteen. Aivan kuin joku tai jokin olisi halunnut kertoa Pekalle, että kaikki oli hyvin, vaikka aina ei siltä tuntunutkaan.

Myös Hän huomasi vieraan energian läsnäolon, eikä heti ymmärtänyt, kuka se oli. Eksyneella oli selkeästi vahva liitolainen, jollaista ei kaikille ihmisille suotu. Edes Hän ei täysin kyennyt ymmärtämään tämän kaikkeuden kolkan ulkopuolisia asioita, vaikka Suuria olikin.

"Mikäs sulle tuli?" Arto kysyi katsoen ihmeissään tyhjyyteen tuijottavaa ystäväänsä.

"En mä tiedä yhtään, jokin sellainen rauhallisuuden aalto menee koko ajan kehossa. Musta tuntuu, että kaikki tulee päättymään hyvin, jos mikään ikinä edes päättyykään", Pekka mumisi hiljaisella äänellä.

"Loistohomma", Arto sanoi hieman Pekan kokemusta mitätöivään tyyliin.

"Joo, sori. Siis mulle tuli vaan tosi ihmeellinen olo", Pekka totesi hieman nolona.

"Ei siinä mitään. Mä tarvitsen huumeita saadakseni jonkin erikoisen olon ja kokemuksen siitä, että jokin suurempi on läsnä. Vaikka mä kyllä uskon, että koko ajan Jumala ja kaikenlaiset energiat vaikuttavatkin meidän elämään ja ovat mukana kaikessa, mitä tapahtuu."

Arto katsoi Pekkaa vakavana. "Hei, istutaan tohon penkille, mä voisin ainakin polttaa sikaria ja pitää pienen tauon."

Pekalle kävi. "Joo tottakai."

"Mun on nimittäin pitänyt kysyä sulta, että mitä sä olet mieltä siitä yhdestä hepusta nimeltään Markku."

"Joo, mä olen jotenkin vähän unohtanut, mitä siellä retriitissä sanottiin. Tai en täysin, mutta se ei ole enää mulle niin iso juttu, kuin joskus oli", Pekka vastasi.

"Mä taas olen ihan aina markkulainen. Se juttu oli mulle niin iso muutos mun elämässä. Silloin mä tajusin lopullisesti, että tässä kaikessa on järkeä."

Reissu Hiirenkoloon oli ollut myös Pekalle todella merkittävä tapahtuma, mutta hän oli unohtanut paljon. Hän oli monta kertaa päättänyt tarkastella luentomateriaalia, mutta oli joka kerta keksinyt jotain muka parempaa tekemistä. Syy sille, että hän ei ollut jaksanut liikaa ajatella Markun puheita oli se, että hänelle tuli aina Maija mieleen, kun hän edes ajatteli Markun luentoja ja kaikkea kurssituksella oppimaansa. Maijaan uudelleen tutustuminen oli lopullisesti särkenyt Pekan sydämen. Pekka kuitenkin esitti kaiken olevan kunnossa. Hän kesti surun, eikä ollut asian takia sekoamassa. Pekka oli myös katkera sen takia, että Maija ja Arto olivat tulleet hyvin toimeen keskenään, mutta Pekka ei liikaa jaksanut olla kummallekaan vihainen. Hän halusi ajatella, että toisten onni ei ollut häneltä pois. Pekka halusi olla viisas.

"Missäs sitä taas ollaan?" Arto kysyi.
Pekka havahtui. "Jaa, jotenkin tässä vaan vähän väsyttää. Saisi varmaan pahimman väsymyksen menemään kahvilla pois."
Arto katsoi vieressään istuvaa, mielestään jotenkin jatkuvasti piilotetun vihaisen oloista kaveriaan ja sanoi: "Jatketaan matkaa, niin päästää myös syömään."

Pekka ja Arto laskeutuivat Alcazaban linnoitukselta suoraan kaupungin keskustaan ja he istuivat pöytään lähes täydessä ravintolassa. Arto tilasi heti alkajaisiksi itselleen oluen sekä pullollisen viskiä. Pekalle riitti pelkkä olut.

Pekka katseli ruokalistaa ja ajatteli, että pitsa taisi olla taas kerran juuri se ruoan lajityyppi, jolla hän saisi nälkänsä taltutettua.

Arto päätti syödä pippuripihvin ja hän tilasikin pöytään vielä pullollisen punaviiniä, jotta saisi ruokansa huuhdottua alas hieman sille sopivammalla aineella. Niin hän asian Pekalle perusteli. Totuus oli se, että Arto halusi jäädä kaupungille ja totesi Pekalle: "Voitaisiinko juhlia tänään oikein kunnolla?"

"Kyllä se sopii, minne mennään?"

"Me jäädään tänne cityyn ja odotetaan iltaa. Käydään vaikka kaupoilla katselemassa ja odotellaan, että kaikki menomestat aukeaa. Me kun ollaan oltu ihan liikaa kämpillä."

"Kuulostaa hyvältä", sanoi Pekka, joka olisi mieluummin vain istunut television ääressä, mutta tiesi, että illasta tulisi mukava. Viihteily kun oli laji, jonka Arto hallitsi. Hänen seurassaan oli mukavaa juhlia.

Miehet saivat syötyä, ja Pekka pyysi, että saisi maksaa laskun, johon Arto sanoi, että "ei käy".

"Miksi niin?" Pekka kysyi.

Arto katsoi Pekkaa teeskennellyn vihaisesti. "Koska mä olen suhun verrattuna sikarikas. Sä olet mun ainoa ystävä, joka ei tuomitse mua, joten mä olen sulle niin hyvä housti, kuin mä vaan pystyn. Mutta mä vaadin saada tänään juhlia ja niin sanotusti tarjota sulle illan. Mulla ei muuten ole tästä mihinkään kiire, joten mä lahjon meille tästä paikasta ryypinkien alkajaiset."

Arto nousi pöydästä ja käveli rauhallisesti lähellä sijaitsevaa pöytää kohti ja odotti, että tarjoilija saisi palveltua asiakkaitaan. Kun nuori neiti oli kääntymässä pois pöydästä hän huomasi Arton, joka ojensi hänelle useampaa isoa seteliä ja sanoi jotain, mitä Pekka ei kuullut. Neiti sanoi jotain ja Arto lähti kävelemään hänen peräänsä.

Pekka odotti uteliaana Artoon päin vilkuillen. Hetken kuluttua Arto saapui takaisin pöytään ja totesi, että hänen rahansa eivät kelvanneet, mutta he saisivat jäädä, kunhan olisivat rauhallisesti ja jättäisivät tippiä. Hän oli tilannut heille banana splitit ja pullollisen kaksikymmentäviisi vuotta vanhaa viskiä, sekä oluet.

Pekka ei ollut varma, olisiko hänellä vatsassaan tilaa kyseisille herkuille, mutta kiitti Artoa ja oli tyytyväinen, että heidän ei tarvinnut lähteä vielä minnekään. Hän toivoi salaa mielessään, että he eivät enää jatkaisi ravintolasta minnekään muualle kuin

Arton kattohuoneistoon, mutta hyväksyi sen, että illasta saattaisi tulla pitkä.

Muutaman tunnin kuluttua Pekka ja Arto istuivat pubissa ja katselivat jalkapallo-ottelua, jossa pelasi vastakkain kaksi espanjalaista joukkuetta. Pekalle ja Artolle ei koskaan selvinnyt, mitkä joukkueet olivat kyseessä, mutta pelin katsominen oli kummastakin mukavaa.

Arto ja kertoi olevansa oli sitä mieltä, että jalkapallo oli jääkiekon ohella urheilun kuningaslajeja. Espanjalaiset olivat hänen mielestään pallopelissä niin taitavia ja teknisen luovia, että heidän pelaamistaan ei voinut katsella muuten kuin ihaillen.

Pubi alkoi jonkin ajan kuluttua täyttymään ihmisistä, ja kalpeiden suomalaisten kanssa samaan pöytään istui kolme ruskettunutta saksaa keskenään puhunutta miestä, jotka vitsailivat valloittavansa pöydän.

Kun heille selvisi, että kaverukset olivat suomalaisia, humalaiset ja huumorintajuiset saksalaiset tekivät kaikki yhden heistä aloitettua kummallakin kädellä palvontaa ilmaisevia liikkeitä kumarrellen Pekkaa ja Artoa kohti. He kertoivat olevansa insinöörejä ja ihailevansa suomalaista hissien suunnittelu- ja rakennustaitoa.

Päivä 8

Pekka ei tiennyt missä oli, eikä hän muistanut, miten oli päätynyt nukkumaan suureen sänkyyn asuntoon, joka ei edes kaukaisesti muistuttanut Arton kotia. Hän katseli ympärilleen ja totesi, että joutuisi kovasta päänsärystä huolimatta nousemaan ylös ja varmaankin kommunikoimaan vieraan ihmisen kanssa, vaikka hänen teki mieli vain käpertyä Arton vierashuoneen sängyssä mahdollisimman pieneksi ja sääliä itseään koko päivän.

Pekka nousi sängyn reunalle istumaan ja huomasi mustan reppunsa lojuvan lattialla. Hän otti sen käteensä ja alkoi tutkimaan sitä. Kaikki tavarat rahoineen olivat tallella. Pekka kaivoi repusta puhelimen ja soitti Artolle. Puhelin hälytti, mutta Arto ei vastannut. Pekalla oli onneksi Arton kodin vara-avain repussaan, joten hän päätti matkustaa taksilla Malaguetaan.

Pekka pääsi lopulta melko nopeasti ulos vieraasta talosta, jossa hänen ei ollut tarvinnut kohdata ketään, eikä ollut uskoa silmiään. Hän olikin Malaguetan kaupunginosassa, ja Artolle olisi matkaa vain noin parisataa metriä. Pekka katsoi kelloa, joka näytti puolta yhtätoista, mikä tarkoitti sitä, että hän etsisi ravintolan, jossa kävisi ottamassa krapulalääkkeeksi muutaman oluen. Puhelin soi, soittaja oli Arto, joka oli iloinen, että Pekka oli hereillä. Pekka oli Arton mukaan hyytynyt liian aikaisin ja kolmen saksalaisen joukko Arto mukaan lukien oli kantanut Pekan heidän ystävänsä tyttären asuntoon lepäämään.

Pekka sanoi Artolle, että olisi hetken aikaa yksin ja kävisi oluella. Hänellä menisi aikaa puolesta tunnista muutamaan tuntiin.

Arto ymmärsi asian ja toivotti Pekalle mukavaa oluthetkeä ja lisäsi, että Pekka saisi olla koko päivän kokonaan itsekseen, koska Arto oli uusine ystävineen Fuengirolassa. Arto saapuisi uuden tyttökaverinsa, Paulan, kanssa illalla kotiin, jos vaan Pekalle kävisi.

Ennen kuin he lopettivat puhelun, Pekka kysyi vielä, että oliko hän mokannut jotain. Arto sanoi, että Pekka oli vain alkanut jalkapallo-ottelun jälkeen nuokkumaan, joten hänet oltiiin kannettu turvalliseen paikkaan nukkumaan.

"Siinä varmasti kaikki?" Pekka kysyi.

"Kyllä, nyt pitää mennä. Heipat."

Pekka sai lopulta eteensä oluen ja alkoi varovaisesti nauttimaan juomaa. Hetken kuluttua pahin krapula oli ohi, ja Pekka kykeni taas nauttimaan elämästään.

Pekka joi kaksi olutta, jonka jälkeen maksoi juomansa. Hän suunnisti kohti Arton kotia.

Arton luona ei ollut ketään. Ajatus suihkussa käymisestä tuntui Pekasta erityisen hyvältä. Ensiksi hän kuitenkin käveli jääkaapille, josta otti oluen. Hän joi tölkin nopeasti tyhjäksi ja suuntasi pesulle.

Pekka kulutti koko päivän juopotellen ja katsoen suoratoistopalvelusta sarjaa, jossa ratkaistiin murhia meedion tai jonkin sen tapaisen avulla.

Pekka ei jaksanut odottaa Artoa ja hänen seuralaistaan, vaan kävi jo aikaisin nukkumaan.

Päivä 9

Pekka heräsi ja kävi tarkastamassa koko Arton kodin, eikä isäntää vieläkään näkynyt tai kuulunut. Hänen puhelimensa hälytti, mutta kukaan ei vastannut. Pekka oli huolissaan ja hieman ärsyyntynyt, mutta ei jaksanut olla Artolle vihainen. He olivat aikuisia ihmisiä, Arto saisi tehdä mitä halusi ja kenen kanssa halusi. Sitä ei ollut kieltäminen, että hän oli tällä hetkellä hieman huononpuoleinen isäntä, kun ei ollut paikallakaan pitämässä huolta vieraastaan.

Pekka kävi hakemassa kaupasta ruokatarvikkeita ja olutta. Hän mietti, että oli Artolta melkoinen temppu jättää hänet yksin, kun oli vielä hetki sitten ilmaissut ilonsa siitä, että Pekka oli hänen luonaan käymässä.

Pekan pitäisi olla huomenna iltapäivällä lentokentällä ja hän päättikin, että lähtisi sinne jo varhain aamulla, jos Artosta ei kuuluisi mitään.

Koko päivä kului Pekalta televisiota katsellen ja olutta juoden. Pekka myös siivosi hieman, koska ajatus siitä, että Arto tulisi hänen sotkemaan kotiinsa oli hänestä kurja.

Päivä 10

Pekka seisoi Malagan lentokentän transitalueella ja odotti, että pääsisi muun väen mukana sisälle koneeseen.

Artosta ei ollut kuulunut mitään, ja Pekka oli yhtä aikaa loukkaantunut ja huolissaan. Pekka tiesi, että olisi mahdollista, että huumeet olivat mahdollinen syy Arton katoamiselle, eikä sulkenut pois sitäkään vaihtoehtoa, että Arto oli yksinkertaisesti kyllästynyt Pekan seuraan ja tehnyt siksi ilkeän katoamistempun.

Pekka oli tottunut siihen, että kanssaihmiset joskus kohtelivat häntä hieman tylysti. Sitä ei kuitenkaan tehnyt kaikki, vaan Pekan mielestä lähinnä he, jotka hän päästi lähelleen. Pekka ei täysin tiennyt syytä kyseiselle ilmiölle, mutta ei ollut katkera. Hän tiesi olevansa joskus hieman omituinen. Ehkä se oli sitä, hän mietti.

15.

Pekka saapui kotiin. Väsymyksestä huolimatta hän soitti Maurille, jonka kanssa oli sopinut olevansa heti yhteydessä, kun olisi taas Suomessa.

Mauri vastasi puhelimeen.

"Pekka tässä, moi."

"No terve, Pekka. Miten se meidän poika nyt sitten jaksaa?"

Pekka avasi sälekaihtimen ja katsoi harmaata lähiötä, kaivaten palmupuita ja Malagaa. "Jaa, no toivottavasti ihan hyvin. Yhtenä iltana se katosi ja mä vietin pari päivää itsekseen. Muuten se oli ihan oma itsensä. Mä tiedän, että mä petän Arton, kun mä sanon näin, mutta se taitaa käyttää huumeita."

"Onko näin? Omituista", Mauri sanoi mietteissään, kuulostaen huolestuneelta. "Meille on otettu poliisista yhteyttä. Ne sanoivat, että Arton pitää saapua Suomeen kuulusteltavaksi. Onko sulla tietoa, mihin se voisi liittyä?"

"Ei. Mä tosiaan tiedän vain sen, että Arto on omien sanojensa mukaan jossain vaiheessa muuttamassa vielä pois Malagasta, eikä aio kertoa kenellekään siitä, minne se katoaa."

"Erikoista", Mauri sanoi vieläkin mietteissään. "Kauhistus koko juttu. Ilmoita sinä sille, että tulee takaisin Suomeen ja muistuta sitä, että se on aina

tervetullut takaisin, ihan mitä tahansa se onkaan
tehnyt"

"Mä teen niin", Pekka lupasi.

Pekka laittoi Artolle viestin hänen uuteen numeroonsa,
jonka hän oli antanut vain Pekalle ja jota ei kuulemma
saanut antaa muille. Pekka ilmoitti
kuulustelupyynnöstä ja kysyi Artolta, jos saisi häneltä
luvan antaa hänen uuden puhelinnumeronsa edes
hänen vanhemmilleen.

Maija soitti. "Hei, Peku. Mä olen tässä kävelyllä ja
kohta sun talon kohdalla. Tulisitko ulos, niin käytäisiin
oluella. Mä voisin vaikka tarjota."
"Jaa-a, en tiedä. Mä tulin juuri sieltä "Ibizalta" ja mua
väsyttää ihan hullusti."
"Tule nyt vaan, mun on pakko jutella jonkun kanssa."
Pekka tapansa mukaan taipui ja lupasi Maijalle, että
olisi kohta ulkona. "Okei, nähdään siinä pihalla."

Pekka pääsi pihalle, eikä nähnyt Maijaa, vaan kolme
hieman itseään nuorempaa urheilullisiin vaatteisiin
pukeutunutta miestä, joista yksi pyysi häneltä tulta.
"Sori, mä en polta."
"Hei, oletko sä Pekka?" kysyi yksi miehistä, joka käveli
nopeasti Pekkaa kohti.
Kun hän pääsi Pekan luokse, hän löi Pekkaa
avokämmenellä kasvoihin. Pekka kaatui maahan ja

muut kaksi miestä juoksivat maassa makaavan Pekan luokse ja alkoivat potkimaan häntä.

Pekka havahtui suuren tila-auton takapenkiltä ja oksensi jalkatilaan. Häntä etummaisella penkillä istuva, asetta kädessään pitävä mies sanoi: "Saatana, tää vitun akka alkoi oksentamaan. Tekis mieli ampua tää vitun paska."

Pekka heräsi, kun kaksi hänet hakanneista miehistä repi hänet ulos autosta. Ympärillä oli pelkkää pimeää, eikä Pekalla ollut mitään käsitystä siitä, missä hän oli.

Sisällä suuressa hylätyssä tehdashallissa, johon Pekkaa nyt raahattiin, oli juuri alkamassa Sarjapaskantajat -nimisen heavy metal -yhtyeen esitys. Heidän laulusolistinsa otti mikrofonin käteen ja alkoi esittelemään kovaan ääneen huutaen bändin jäseniä. "Heipparallaa vaan pikkuiset paskiaiset! Me ollaan Sarjapaskantajat. Rummuissa meillä on Sosiopaatti, bassossa Iso Paska, kitaraa soittaa Kärpänen ja mä olen Psyko! Seuraavan kappaleen nimi on Tiedän pääsi sisällön! Yhtye alkoi soittamaan yllättävän taidokkaasti musiikkilajille vihkiytymättömän korvaan kamalalta kuulostavaa räimettä.

Markkua nauratti, vaikka hän tiesi, että kyseinen tapahtuma ei ollut mikään vitsi. Orkesterin tyypeillä oli yllättävän hyvä huumorintaju idioottimaisiksi psykopaateiksi. He Markun mielestä irvailivat melko taidokkaasti raakalaismaiselle saatananpalvontakulttuurille, jonka Markku näki lähinnä tosikkomaisena kuoleman ihannointina.

Bändi sai ensimmäisen kappaleensa soitettua, ja kaksi urheilullisesti pukeutunutta nuorta miestä raahasivat huonoon kuntoon murjotun Pekan lavalle.
"Tässä on niin homo jätkä, että se käy gynekologilla näyttämässä persereikää, nimittäin niitä kumpaakin!" huusi laulusolisti mikrofoniin. "Ja kohta tämä paska kuolee!"
Kaikki noin sata ihmistä alkoivat huutamaan ja taputtamaan.
Alkoi seuraava kappale, jonka nimi oli Öisin sataa paskaa.

Hallin perällä seisova Markku säikähti, kun näki Pekan ja soitti sovittuun numeroon. Meni puoli minuuttia ja hallin ovelta kuului kova pamaus, kun poliisin erikoisjoukot saapuivat sisälle. Väki alkoi juoksemaan kohti rakennuksen takaosan ulko-ovea.
Maija oli niin vahvasti psykedeelisen muuntohuumeen vaikutuksen alaisena, että vain juoksi muiden mukana, tajuamatta täysin, minne ja miksi oli menossa.

Bändin laulaja oli yksi harvoista, jotka olivat päättäneet jäädä halliin. "Tämä vitun paska kuolee, jos tulette yhtään lähemmäksi!" hän huusi osoittaen Pekkaa aseella.

Äkkiä kuului kolme laukausta, ja laulaja makasi Pekan vieressä kuolleena.

Tehdashallin piha oli täynnä poliiseja ja armeijan väkeä, jotka yhdessä pidättivät kaikki osallistujat.

16.

"Noniin, meillä olisi sulle pari kysymystä. Me ei tosiaankaan haluta häiritä sua yhtään enempää, kuin on pakko", sanoi reilun oloinen nelikymppinen poliisimies, joka seisoi Pekan sängyn vieressä.

Hänen vakavailmeinen kollegansa seisoi Pekkaa vastapäätä sängyn jalkopään puolella ja sanoi, että kyseessä olisi lähinnä pelkkä muodollisuus, eikä Pekan tarvinnut pelätä mitään.

"Satutko sä kuulumaan siihen sut pahoinpidelleeseen porukkaan jotenkin?" Pekan vieressä seisova poliisi kysyi.

"En", vastasi vahvojen kipulääkkeiden takia tokkurainen Pekka. "Mä kylläkin joskus seurustelin sellaisen Maija-nimisen naisen kanssa, jonka kanssa mun piti käydä kaljalla silloin kun mut mukiloitiin. Kolme jätkää pieksi mut, ja loppu on pelkkää sumua."

"Niinhän me vähän kuultiinkin. Sä olit tällaisen Arto-nimisen henkilön luona lomailemassa. Voitko kertoa meille siitä jotain? Tarvitsemme tosiaan kaiken tiedon hänestä, hän saattaa olla hengenvaarassa."

Pekka muisti, että Mauri oli sanonut Arton olevan jonkinlaisissa vaikeuksissa. Pekka tunsi olevansa velvollinen kertomaan poliiseille kaiken, mitä Artosta tiesi. "Se asuu nyt Malagassa ja jossain vaiheessa muuttaa kai Aasiaan. Se ei sanonut tarkemmin minne, mutta kertoi katoavansa täysin. Meille ei tullut mitään riitaa tai muutakaan outoa, ainakaan mun mielestä, mutta se katosi jonnekin pariksi viimeiseksi päiväksi ja oli vieläkin poissa, kun mä lähdin sen luota. Me juteltiin sen kanssa melko paljon ja se kertoi useaan otteeseen, että se kaipasi huumeita. Se oli käyttänyt jonkun pari vuotta."

"Okei, kiitos. Me voitaisiin jututtaa sua vielä joku toinen kerta vähän tarkemmin. Meille sanottiin, että sä saattaisit olla melko väsynyt", sanoi Pekan vieressä seisova poliisi. Hän jatkoi: "Tässä on vielä sellainen juttu että sä et ole turvassa täällä ilman vartiointia, ja me mielellään siirrettäisiin sut näin aluksi sellaiseen turvataloon."

"Onko näin?" Pekka sai kysyttyä.

"Kyllä ja mitä nopeammin, sen parempi."

17.

Arto käveli määrätietoisen ripeästi ihmisiä väistellen, hänellä oli nyt kiire. Hän ohitti yökerhon, jonka edustalla seissyt nuori nainen kysyi Artolta englanniksi haluaisiko hän juhlia. Arto halusi, mutta toisella tapaa. Hän oli juuri hankkinut useamman käyttöannoksen verran heroiinia ja hänelle ennestään tuntemattoman huumekauppiaan vaatimuksesta viisi grammaa kannabista. Arto ei liikaa välittänyt kannabiksesta, mutta oli ajatellut, että helpompi ostaa kyseistä päihdettä, kun hänelle heroiinia kauppaava vaarallisen näköinen jengiläinen oli alkanut vaatimaan, että Arto ostaa "maailman parasta pilveä".
Artosta oli koomista, kuinka lähes jokaisella huumeita kauppaavalla pikkurikollisella oli tapana kehua myyntiartikkeliaan jos ei parhaaksi, niin ainakin todella hyväksi tavaraksi. Jos aine oli paskaa, kehuttiin sitä siitä huolimatta parhaaksi versioksi paskasta aineesta.

Arto tilasi taksin. Hänen oli päästävä äkkiä majoituspaikkaansa. Hänellä olisi huone yläluokan suosimassa hotellissa vielä kahdeksan vuorokauden ajan, minkä jälkeen hän suuntaisi kohti Australiaa.
Reppureissaajien suosiman Khao San Roadin alue oli Artolle liian halpaa seutua. Vaikka budjettimatkailu oli hänen mielestään kiinnostava villitys, hän ei kyennyt sietämään tyyppejä, jotka jaksoivat hehkuttaa

peltikattoisia hökkeleitä aidoimpana ja cooleimpana reissaamisen antina. Arto myös inhosi teennäistä tietoisuuskulttuuria, jossa esitettiin Arton mielestä parempaa kuin oltiin. Tapa, jolla länsimaiset reppureissaajat hieroivat rahojaan maailman köyhimpien ihmisten naamoihin, osoitti Arton mielestä äärimmäisen huonoa makua ja oli jotenkin sairasta.

Arto saapui huoneeseensa ja otti kädet täristen housujensa taskusta pienen pussillisen mustaa, tahnamaista ainetta. Kannabiksen Arto heitti roskakoriin. Hän asetti mustaa tahnaa varovasti aineen käyttöä varten tarkoitettuun piippuun, jota alkoi heti kuumentamaan tupakansytyttimellä.
Arto imi savua keuhkoihinsa ja tunsi kohta euforian tunteen koko kehossaan ja olemuksessaan, mutta nyt jokin oli toisin. Heroiini ei tällä kertaa vienyt Artoa fantasiaan, jossa kohtasi jotain kaunista ja ikuista, vaan häntä vaivasi huono omatunto nautinnonhaluista elämäntapaansa kohtaan. Arto kaatui sänkyyn ja jäi odottamaan, että pääsisi eroon häntä vaivaavasta ajatuksesta, joka ei ollut vain ajatus, vaan kokonaisvaltainen tunne, joka sanoi, että hän toimi väärin.
Arto tunsi jotain, mikä ei hänen mielestään kuulunut kyseisen huumeen vaikutuksen alaisena tuntea. Aine tainnut olla tarpeeksi vahvaa, hän mietti.

Meni kaksi vuorokautta ja Arto oli käyttänyt kaiken heroiinin. Hän tiesi, että olisi kohta kipeä, mutta ei vielä jaksanut välittää asiasta.

Arton mielestä joko aineessa tai hänessä itsessään oli ollut tällä kertaa vikaa. Häntä oli koko huumeilunsa ajan vaivannut huono omatunto kaikkia tekemiään valintoja kohtaan, eikä ollut kyennyt täysin nauttimaan aineen tuomasta pelkoja ja ahdistusta vaimentavasta vaikutuksesta. Arto nukahti.

Kun Arto heräsi, hän tunsi olonsa flunssaiseksi ja kärsi. Hän pelkäsi ja tunsi vahvaa fyysistä ja henkistä kipua. Hän oli tehnyt elämässään vääriä valintoja, ja moraalinen tuska piinasi hänen sieluparkaansa. Hän mietti koko ajan, mitä olisi voinut tehdä elämänsä aikana toisin.

Hänen puhelimensa soi. Pekka, pikku saatana, Arto mietti, kun huomasi, että numero kuului Maurille. Pekka oli tainnut laittaa hänen numeronsa jakoon.

Arto leikki mielessään ajatuksella, että vastaisi puhelimeen ja olisi aivan kaiken suhteen täysin rehellinen. Häntä nauratti ajatus, että kertoisi kaiken, mitä hänen elämänsä kahden huumeisen vuoden aikana oli tapahtunut. Sitä ei Mauri olisi hänen mielestään kestänyt

Puhelin lakkasi soimasta. Arto raahautui suihkuun, jonka jälkeen hän kävisi syömässä.

Väsynyt ja ahdistunut Arto tunsi kipua koko kehossaan. Hän katseli hetken hotellin ravintolaa, joka oli täynnä ihmisiä. Väki oli Arton mielestä hänen tämänhetkiseen tilaansa nähden liian hienon ja kunnollisen oloista, joten hän päätti kävellä ulos.
Arton teki mieli currya. Hän katsoi puhelimellaan sopivan paikan ja tilasi taksin.

Arto ohjattiin pöytään lähes täydessä intialaisessa ravintolassa, joka vaikutti hänestä viihtyisältä. Hän tilasi oluen ja jäi odottamaan, että saisi eteensä mieltä ja kehoa rauhoittavan juoman, joka ei jäisi tänään hänen viimeisekseen.

Arto mietti Pekkaa ja totesi mielessään, että oli tehnyt hänelle ikävästi. Arto oli jo toisesta heidän yhteisestä päivästään lähtien kyllästynyt Pekan seuraan. Syynä oli ollut se, että Pekka ei ollut ymmärtänyt vain myöntää biseksuaalisuuttaan. Arton mielestä kyseisen asian suhteen tuli olla itselleen niin armottoman rehellinen, kuin vain mahdollista.
Hänen mielestään Pekan irvailu Torremolinoksessa oli myös ollut liiallisuuksiin menevää.
Artoa nauratti. Hän tiesi olevansa kusipää, mutta totesi itsekseen tehneensä pahempiakin asioita, kuin sen että oli jättänyt Pekan yksin.

Linkki oli Hänen mielestään vaikea tapaus, jonka kanssa piti olla tarkkana. Linkkikin tulisi aikanaan kuntoon, hänhän ei ollut suoraan tehnyt mitään äärimmäistä, vaan ollut paikalla silloin, kun jotain äärimmäistä oli tapahtunut. Ihmisten rankaisevien instituutioiden oikeustaju sekä reagointi Karman vaatimukseen oli Hänen mielestään hyvällä tolalla, eikä ihminen juurikaan tarvinnut Ylimpien apua edes tässä tilanteessa, jossa heidät oltiin korruptoitu ja langetettu pahuuteen alimpien hulluudesta kärsivien Jumalten toimesta.

18.

Maija istui huoneessaan ja oli tyytyväinen. Hän ei juuri nyt tuntenut mitään ketään kohtaan. Hän ei vihannut, eikä hänen tehnyt mieli tappaa. Maija odotti, että pääsisi juttelemaan osaston johtavalle lääkärille, jolle hänellä olisi kerrottavaa uudesta tietoisuutensa tilasta. Maija koki oivaltaneensa jotain uutta itsestään ja maailmasta.

Ovi avautui ja Maija ohjattiin kahden mieshoitajan toimesta ulos huoneestaan. He kävelivät pitkin pitkää käytävää, joiden ovien takana asui Maijan kaltaisia ihmisiä. Maija mietti, mitäköhän nämä hänen tavoin kadotetut ihmiset olivat tehneet, joutuakseen lukituksi selleihin.

Maija saapui lääkärin huoneeseen.
"Nonniin, hei vaan. Mikä on tänään homman nimi?" nelikymppinen mies kysyi pöydän takaa.
"Ihan hyvin menee, mä koen oivaltaneeni jotain ja mä haluaisin puhua siitä", Maija vastasi.
"Okei, kuulostaa hyvältä. Anna palaa."
"Joo, no mä en siis halua tappaa Millaa, vaan mä haluan varmaankin vapauttaa sen mun oman genomin aikaansaamasta pahuudesta, jonka mä olen siirtänyt siihen siten, että… No, se on mun lapsi ja mun verta."

Lääkäri katsoi Maijaa silmiin ja sanoi: "Niin, Maija. tuo on aika erikoinen tapa ajatella, mutta mä näen ton sun logiikan. Sä siis haluat pelastaa Millan itseltään. Ymmärsinkö oikein?"

"Joo, juuri niin. Toi on se oikea tapa ilmaista asia", Maija sanoi hieman innostuen. "Mä myös olen tajunnut, että mä olen täällä sairaalassa vapaampi, kuin olin tuolla siviilissä. Musta tuntuu, että mä olen pääsemässä kaikesta kummallisesta eroon. Mä en ole enää muiden mielipiteiden vanki, vaan mä olen vapaa kaikesta siitä jutusta, mikä estää mua olemasta oma itseni."

"Eikö se ole hieman ristiriitaista sanoa noin?" lääkäri kysyi.

"Joo, se voi vaikuttaa siltä, mutta mä voin selittää…

"Selittää? Hei oikeasti, mä ymmärrän, että sä koet, että sä olet kärsinyt siitä, että toisten mielipiteet saavat sut olemaan jokin muu kuin oikeasti koet olevasi. Mä vaan ajattelin, että usein ihmiset kaipaavat toistensa seuraa ja kokevat nautintoa, kun ovat muiden kanssa. Niin sillä mä vaan ajattelin, että hieman omituista."

Maija tunsi ärtymyksen nousevan jostain syvältä. "No hyvä, herra koppava. Hyvä, että tajusit, että mä olen täysi paska! Niinkö? Senkö sa taas haluat mulle sanoa? Mä yritän parantua, ja sä vaan vittuilet mulle, Saatanan alempi! Mä sentään olen uskollinen mun luonnolle ja sä kehtaatkin vittuilla siinä!"

Hoitajat astuivat lähemmäksi Maijaa ja toinen sanoi, että nyt pitäisi osata olla kunnolla. Maijan teki mieli nousta tuolilta ja käydä lääkärin kimppuun, mutta ei onnekseen uskaltanut tehdä niin. Siitä olisi voinut seurata jokin rangaistus.

Lääkäri sanoi: "Niin, Maija. Sä olet täällä, koska olet osallistunut murhaan ja murhan yritykseen. Ne ovat kammottavia rikoksia, joita tekevät katalat ihmiset. Me ollaan täällä myös ihmisiä ja ollaan huolissamme ihmisistä ja myös siitä, että esimerkiksi meidän läheisille saattaisi sattua jotain sellaista mitä se teidän porukka teki."
"Okei", Maija sanoi. "Mutta ne olivat ali-ihmisiä, eikä niillä ole samaa arvoa, kuin muilla. Kyllähän se hyvä lääkäri sen tajuaa, vai tajuaako?"
"Ne, joila te tapoitte eivät olleet yhtään huonompia kuin muut. Ne olivat ihmisiä, aivan kuten sinä ja minä."

Lääkäri katsoi Maijaa ja mietti, että taas yksi samanlainen kuin muutkin väkivaltaiset ja harhaiset tapaukset. Heillä kaikilla tuntui olevan jokin infatiilinen arvottomuuden tunne, jota he pakenivat sairaisiin fantasioihin ali- ja yli-ihmisyydestä, omasta paremmuudestaan, sekä kaiken maailman ajatuksiin, joissa mitätöidään toisten olevaisten arvo.
"Oletko tyytyväinen lääkitykseesi?" lääkäri kysyi.

Maijan ei tehnyt enää mieli sanoa mitään. "Jaa, ihan sama. Pääsisinkö selliini, kiitos"

"Tämä taisi sitten olla tässä", totesi lääkäri. "Voitte viedä potilaan huoneeseensa."

Huoneeseensa päästyään Maija oli vihainen. Hän tiesi olevansa vihainen vielä huomennakin ja kirosi lääkäriä, joka oli vienyt hänen mielenrauhansa mitätöimällä hänen omasta mielestään ainutlaatuisia ajatuksiaan.

Maija ajatteli Pekkaa ja kuvitteli hänet huoneeseensa. Pekka istui huoneen nurkkaan sijoitetulla nojatuolilla. Hänen hartiansa olivat lysyssä ja hän katsoi Maijaa surullisilla ja vihaisilla silmillään.

"Näetkö, mitä olet saanut aikaan?" Maija kysyi.

Ruusu kärsi ja riutui. Se oli hänelle toistaiseksi oikein, mutta Hän oli päättänyt, että joku päivä Ruusu olisi vahvempi ja kykenisi sanomaan, että oli parantunut vihan riivauksesta, sekä vapautunut kaikesta pahasta. Mutta vielä toistaiseksi hänen tulisi kärsiä.

19.

Oli joulukuun viides päivä vuonna 2023. Pekka istui kolmenkymmenen neliön kokoisessa huoneistossaan turvatalossa ja söi aamupalaa. Hän muisteli lomaansa Arton kanssa ja lusikoi puuroa suuhunsa.

Mauri oli juuri laittanut Pekalle viestin, jossa kerrottiin, että Arto oli Suomessa tutkintavankeudessa ja odotti oikeudenkäyntiä. Pekalle ei selvinnyt viestistä, mitä Arto oli tehnyt, eikä hän edes jaksanut välittää.

Pekalle oltiin kerrottu, että häneen kohdistuneen hyökkäyksen oli pysäyttänyt Suomen armeija sekä poliisi. Pekka ei ollut harmissaan sen takia, mitä hänelle oli käynyt, vaikka hän oli ollut niin pahassa kunnossa, että hänet oltiin jouduttu operoimaan kahteen kertaan. Hän oli vain tyytyväinen, että noin sata pahaa ihmistä oltiin saatu telkien taakse.

Heillä jokaisella oli sukulaisia ja heidän aatteellaan oli kannattajia, joten Pekan oli elettävä loppuelämänsä heiltä piilossa.

Pekka tunsi olonsa mukavaksi. Hän oli turvassa, eikä kukaan enää tekisi hänelle mitään pahaa. Pekka oli menettänyt vapautensa, mutta se ei häntä haitannut, koska hänelle oltiin luvattu uusi elämä uudessa ympäristössä. Pekka odotti innolla, mitä elämällä oli hänelle vielä tarjota. Hän ei ollut luovuttanut, vaan hän oli kiitollinen siitä, miten asiat nyt olivat.

Hän tiesi, että kamppailu pahuutta vastaan on täällä aina. Se minkälaiset mittasuhteet pahuus toisinaan saa, tulee aina olemaan Ylimpien loputon suru, mutta He ovat kiitollisia siitä, että meillä on edes meidän ikuinen sotamme, joka pitää pahuuden kurissa.

Hän katseli Eksynyttä ja tunsi iloa. Solmu oli avattu ja ihmisen maailman kirous oli poissa.
Vielä ihmiset luottaisivat Jumaliin ja muihinkin Suuriin ja vielä ihmiset kunnioittaisivat Heitä, eivätkä näkisi Heitä impulssiensa varassa toimivina koston Jumalina tai helposti huijattavina pilkan kohteina. Langenneet Jumalat olivat melkein pilanneet ihmiskunnan ja Heitäkin Ylemmät palauttaneet sen tilaan, jossa ihmiset nousisivat uuteen kukoistukseen. Jumalten maine ihmisten keskuudessa palautuisi aikanaan, eikä usko olisi enää kenellekään naurun aihe. Kaikki me teemme virheitä, Jumalatkin ovat vain olentoja, joilla tosin on suuri ja vastuullinen tehtävä.
Heitä kunnioittaen luodaan uusi maailma, jossa kaikki arvostavat toisiaan. Me olemme kaikki sen arvoisia.